若園朋也

Tomoya Wakazono

紫陽花

文芸社

心優しき君へ

前略

お久し振りの手紙を差し上げます。お身体の具合はいかがでしょうか。

名古屋は昨日から雨が降り続いています。東海地方の梅雨宣言はまだだというのに、辺りはどんよりとして、梅雨の日特有の匂いに満ちています。マンションの窓から見える遠くの鉄塔も、ぼやけて輪郭がはっきりしません。

今夜辺り、一度はあがるようですが、明日には再び降り出すそうです。東京はいかがでしょうか。天気予報を見る限り、関東地方も降り続いているようですね。今年はすでに例年より早く梅雨に入っているのかもしれません。何故《なぜ》かそんな気がしてきました。雨降りは嫌いではないのに、通勤する度にスーツの裾の折り目を気にする毎日がやってくるのかと思うと、重い気分になるのは私だけではないでしょう。

今日一日、マンションの窓辺で降り続ける雨を眺めながら、五年前のあの日のことを考え続けました。五年前、ついにあなたから聞くことが出来なかった言葉の続きを、私はようやく自分なりに考えられたような気がします。この何年間か、いつも頭の深いところで考え続けていた言葉です。この雨は私の迷いを流し去り、途方もなく繰り返してきた思いが間違いないものの様に語りかけてきます。

あの日、あなたは明月院の石畳の参道で急に立ち止まりました。それまで、北鎌倉駅から山沿いの細い側道を私に寄り添って黙ったままついてきたのに、紫陽花の咲き乱れる石畳の参道に差し掛かった瞬間、駄々を捏《こ》ねる子どものように立ち止まりました。込み合う狭い参道で、知らない人たちに肩を揺さぶられながら、押されながらも、あなたは私の方を見ることなく、うつむいていました。私は仕方なく、あなたの前まで戻って手を取ると「どうかした?」と言葉をかけました。するとあなたは「紫陽花って、本当は嫌いなの」と一言呟いただけでした。あなたの化粧気のない頬が赤く、いくらか腫れていました。何度も見たことがある、泣いた直後の顔でした。その後、私がいくら理由を聞いてもあなたは同じ言葉を連ねるだけで、一向に私の問いに答えてくれようとはしませんでした。帰りの電車の中で、暗い車窓に映るあなたの姿を見つめながら、二年間積み上げてきたものが瓦《が》解《かい》していくことを感じ始めていました。それは私とあなたの関係だけのことではなく、私たちを取り巻く空気の流れとでも言うべきもののような気がしてなりませんでした。これから引き起こされる様々な不幸が、一つの入り口に向かって突き進んでいくような感覚でした。私がやっと自分を取り戻し、あなたのことを冷静になって考えられるようになったときには、もう引っ越しを終えて、名古屋の実家での生活が始まっていました。

あのあと、私たちは職場でも、個人的にも、ほとんど口を利かなくなりました。もう五年も前のことです。私が東京から名古屋に転勤になる数日前の出来事でした。あの日、あなたは私の横で泣いていたのでしょうか。もしそうだとしたら、それは私に対してなのでしょうか、それとも、あなた自身に対してなのでしょうか。あなたのその後の言葉を考え、答えが見つかったと思った瞬間、次はその涙が誰に向けられていたのか判らなくなりました。あなたは不思議な女性です。いつも私を戸惑わせ、ときには苛立たせもしました。しかし、それももう五年も前の出来事です。

新宿駅の人込みの中で「変わらないでくれよ」と、別れ際に言い残すことが精一杯だった私がとても遠い自分のような気がします。気の利いた言葉が見つかれば、私たちはやり直せたのではないかといつも考え続けてきました。追いかければまだ間に合ったのではないか、何か言葉を投げかければあなたは心を開いてくれたのではないか、と。

名古屋に来てからも、気が付くと、私は人込みの中であなたの後ろ姿を探していました。人込みをかき分ければ、まだあなたが赤い顔をしながら立ち止まっているのではないかと。どこかで私を待ち続けていてくれるのではないかと、空想に近い思いを重ねてきたのです。私はあなたの言葉を探し続けてきたのと同様に、自分自身のあの瞬間の言葉も探し続けてきたような気がします。

前置きが長くなりました。退院されたと香山敬子さんから聞きました。お元気になられて何よりです。先日は一緒に渋谷へイタリア料理を食べに行ったとか。あなたの食欲に彼女は驚かされたようです。よく食べるのは健康な証拠です。あなたを悩ませ続けた病気もこれで消え失せることでしょう。

あなたのことは香山さんから大方聞いています。彼女が私に気を遣って教えてくれていると言った方がいいのかもしれません。何故なら、私とあなたの関係を知っていたのは香山さんだけだったのですから。変に思われるかもしれませんが、私と香山さんとは東京での新人研修時代から仲がよかったことはあなたもご存知の通りです。今までは社内メールや社内郵便を使ってやり取りをしていましたが、ここ最近はeメールでやり取りをしています。よほどの重要な連絡がない限り電話での連絡はありません。そんな香山さんから電話を頂き、あなたが退院されたことを聞いてから、もう二週間が経とうとしています。

一年ほど前、香山さんからパソコンを買ったという社内メールをもらいました。同時にeメールのアドレスも取得したとのことでした。家でゆっくりとメールを打ちたいから買ったとのことです。私も香山さんの強引な誘いで、慌ててプロバイダを探してメールアドレスを取得しました。仕事でしか使っていなかった旧式のパソコンが、とても新鮮で秘密めいた道具に生まれ変わったような気がしたものです。あなたと香山さんも最近メールを交わすようになったと聞いています。とにかく私が東京から名古屋に転勤になってから、あなたのことは香山さんから聞いています。あなたも、私が名古屋に来てから三年半の間に出した十数通の手紙によって、私のことを知っていることと思います。祥子という妻がいること、順平という二歳になった息子がいること。でも、今ではもう何を書いたのか忘れてしまいました。手紙を出さなかったこの一年半を除いては、あなたも私も直接話をしていないのに、何かしらの手段でお互いのことを知っていたことになります。この一年半の間、私は順平の成長する姿を日々観察しながら、あなたのことを忘れようと努めました。しかし、香山さんからあなたの入退院の知らせを聞く度に、忘れようという思いとは正反対の、あなたにもう一度会いたいという思いに移り変わっていったのが正直な気持ちです。それは何通も書いた手紙の返事を一度もくれなかったこと、そして、あなたがとうとう最後まであの日の言葉の続きを話してくれないまま、人込みに消えてしまったことが原因なのでしょう。

今年の四月、三十になった男が今更あなたに何を求めようとしているのか私自身にも判りません。もしかしたら私は今一度《ひとたび》、あなたという存在を身近に感じたいと思っているのかもしれません。そして、あなたに「私のこと好き?」と以前のように甘えた口調でもう一回囁いてもらいたいだけなのかもしれません。一年半振りにあなたにしたためる手紙で、私はあの日、あなたが言いたかった言葉の続きを、あなたの口から聞き出そうとしているのです。あなたは紫陽花の花が嫌いではないはずです。何故ならあなたと私は、道行く人に兄妹と間違えられたことがあるほど、似た者同士だったのです。

私は小さい頃から紫陽花の花がとても好きでした。童話の中で出合った紫陽花は、雨の中でもしたたかに上を向いて、なお伸び続けようとする力強いものでした。それから神秘的なイメージに塗り替えられていっても、私の興味を誘うものであり続けました。あの日、明月院が込み合っているのを知っていながら、あなたの手を引いて鎌倉行きの電車に乗ったのもそのためです。この五年間、私は紫陽花の花を見る度にあなたを思い出してきました。私の中で、あなたと紫陽花が重なり合って切り離すことが出来なくなっているからなのでしょう。きっとそうだと、私は私自身に信じ込ませてきたのです。

少し前、近くの公園の隅で着実に成長を続ける紫陽花の木を一束見つけました。十本ほどに枝分かれした株は、人通りの少ない公園の隅でひっそりと息を潜めていました。私が毎朝、地下鉄まで歩いていく道脇にある小さな公園です。

私たちは昨年の八月、盆休みを利用して名古屋市内から日進市に近い郊外のマンションに引っ越ししました。ですから、私にとって今通勤している道脇の風景は発見することが多い一年だったことになります。この時期に雑誌に特集される華々しい光景ではなく、ひっそりとしていながら、どことなく堅い意志で自己主張しているようでもありました。その紫陽花は五月下旬から急速に成長を始め、今月に入って頼りない白色から、淡い青色に変わり始めました。紫陽花とは本当に不思議な花です。日々の移り変わりを目にしながら、白から青へと変色する花々が、不思議なものの全てを凝縮しているような気さえしてきました。小さな囁きが数を集め、神秘に満ちた生命へと変容していくような気がしました。それはあなたのあの日の姿が重なり始めたからです。

先日、外回りの途中に丸善で分厚い植物辞典を抱えるようにして読みました。紫陽花はまたの名を〝七変化〟と言うそうです。青のあとは紫、そして赤になり、朽ち果てるまで七色以上にもその色を変化させます。私が今まで見てきた紫陽花はその瞬間、その瞬間の色でしかなかったと、恥ずかしながら辞典を見ながら再認識しました。これからの一か月と少しの間、刻々と変色を続ける公園の紫陽花を見続けながら、私はどれが本当の紫陽花なのかと考えることでしょう。移り変わる色彩のなかで、紫陽花が一番紫陽花らしくなるときの色は何色なのかと考えることでしょう。紫陽花とは人を惑わせる花です。あなたはそのことが許せなかったのではないでしょうか。あの日、あなたはそのことが急に疎ましくなったのではないのでしょうか。理由は判りません。あなたという人から醸し出される、あなたという一人の気質なのでしょう。あなたこそ神秘に満ちた紫陽花そのものではなかっただろうかと、今になって二年間の出来事を思い起こしています。

あなたと新入社員研修で出会ってからお別れするまでの二年間と少しの間、あなたは私に何度も執拗に「私のこと好き？」と確かめるように聞きました。私はその度に頷きました。あなたはいい加減が嫌いな人でした。何でもしっかりと答えがないと気が済まない人でした。私は戸惑いながらも、そんなあなたのことがいとおしくてたまりませんでした。特異とも言えるあなたの頑固さが私にはとても新鮮で、ときには頼りになる存在でした。あなたを変えてしまったものは何でしょうか。私ですか。それともあなた自身なのでしょうか。もうあなたを名古屋に呼ぶことは出来ません。どうやってもあなたとの距離は離れる一方でしょう。しかし一つだけあなたにお伝えしておきたいことがあります。私はいつでもあなたの味方であったこと、これからもそうであり続けることです。

長々と昔のことを書きました。この手紙もまた返事が来ないことを知りながら私は投函します。いや、もしかしたら今度こそはお返事を頂けるかもしれないという、小さな希望を抱きながら投函するでしょう。あなたにもう一度お会いして、あの日の言葉の続きをあなたの口から聞きたくて仕方がありません。確かめたいのです。会うことは無理だと思います。あなたがそれを許してくれないでしょうから。せめて時間の許すときにメールのやり取りが出来ればと思います。先日、そのことを香山さんに伝えたら、早速彼女はあなたのメールアドレスを教えてくれました。しかし、突然あなたに送信するのも気が引けます。古典的な方法とあなたはお思いになるかもしれませんが、手紙にてあなたにお伺いを立てることにします。私のメールアドレスを書いた紙を同封します。あなたのお返事をお待ちしています。

それにしても今日の雨はまだまだ続きそうです。南の空はどんよりとして、一向に晴れ間を見せる気配はありません。本当にもう梅雨に入っていくのではないのでしょうか。技術がいくら発達したとしても、天気予報というのは曖昧さがつきまといます。あくまで予報でしかありません。何かを信じるということはとんでもなく大変なことなのかもしれません。大人になっていくということは、幼いときに純真に信じたものをいくつも奪われながら、今度は自身で信じるものを見つけていかなければいけないことのように思えてきました。この雨は、取り留めもなくそんなことを考えさせます。

あなたのこれからの健康を心からお祈りします。よいお返事をお待ちしています。

草々

岩崎　洋太郎

一九九九年　六月十二日（土）

高野　優子様

前略

お手紙確かに頂きました。あなたからの一年半振りのお手紙、本当にあなたからなのだと宛名の文字を見て実感しました。あなたが私の優子の子の字を書くときは、いつも了という字と横棒の一という字が続いて、筆で書いたようになるからです。あなたにその文字をからかうつもりで「達筆ね」と言うと、これは癖だから仕方ないと言って、頬を膨らませてから、どこか違う方を向いてしまったことを覚えています。あなた自身、お変わりないのだと少しだけ安心しました。

三日前の水曜日、母が一階から大きな声で私を呼びました。食事時でもないのに母が私を呼ぶのは久し振りのことです。四時頃だったでしょうか。母は私を呼ぶときに階段から身を乗り出して呼びます。私はいつもビクッと肩を震わせて返事をします。階段下の物置の空間に声が反響して大きく聞こえるからです。いまの私は退院してから部屋に閉じこもって、毎日音楽を聴き、本を読んで暇な時間を過ごしています。九月で二十八歳にもなってしまう女が一日中部屋にこもっているなんてとお笑いください。それが私のいまの姿です。

私は再度の母の呼びかけに階段を下りていきました。キッチンまで行くと、テーブルの上に分厚い白い封筒が置いてありました。母は私を見ると「岩崎さんから」と一言言って再び夕食の支度を始めました。忙しく動く母の背中が、無意識に私に語りかけてきました。お久し振りね、どれくらい振りかな、なんて、私の心を見通しているように、蛇口をひねったり、冷蔵庫を開けたり、音程を少しずつ違えた物音によって語りかけるのです。私は戸惑いました。本来ならあなたの名前を見て嬉しいはずなのに、あなたを何年もの間、裏切り続けてきたという思いに襲われたからです。襲われたというのは失礼ですね。心の奥底にはいつもあなたが存在し、いまかいまかと待ち構えていたはずでした。なのに、私はあなたを五年間も裏切り続けたのです。それが五年間であったのか十年間であったのか、あなたの手紙を読まなければ正確な時間が分からないほど、長い間のことのような気がします。小さな私の意地っ張りが、もうどうすることもできないようにしてしまいました。私はいまになって、その報いを受けているのだと思っています。もう手紙など受け取る資格のないことは、私自身一番よく知っているはずだったのです。

あれこれと考えを巡らせながらも、私は手紙を手にして、急いで階段を駆け上がりました。そして、手紙を机の上に置くと、ベッドに腰掛けて長い間見つめていました。これを受け取っていいのだろうか、という少し迷惑な贈り物を押しつけられた気持ちでした。考えに考えたあげく、いつものように開けるのをやめました。ベッドの下から小さな箱を取り出して、あなたからいままでに頂いた十三通の手紙とともにもとの場所に戻しました。数え直してみると、これで十四通になりました。

あなたはこのことを聞いて、ご立腹になられるでしょう。お返事を書かなかったこと以前に、あなたにお話ししなくてはいけないことがあります。あなたが名古屋からお送りくださった手紙のほとんどを読まずに箱に入れてあるのです。よくよく考えると最初の一通しか読んでいません。その手紙も、あなたが私のことをとても気遣ってくださった内容だとは覚えているのに、大切なことを飛ばして読んでしまったように、もう忘れてしまいました。その後の手紙は封を切っただけか、まったく手つかずのまま入れてあります。なんて失礼な女なのでしょうか。あれだけ真剣に語りかけてくれたのに、私は最後まで黙り続けていたんですね。つくづく私という人間を嫌になってしまいます。

そして、私は夕食までの間、いつもと変わりなく、ベッドに寝ころんで音楽を聴いたり、近くの古本屋で見つけてきた本を読んだりして時間を潰しました。本当にいつもの日程です。退院してから半月の間、乱されることのない、その不自然でもあり、私には退屈過ぎる時間も、周りの方々の配慮のたまものです。いままで通ったいくつかの病院の先生方は、とにかく時間をかけなさい、と言いました。焦り過ぎて、少しずつ積み重ねてきたものが振り出しに戻らないように、時間をかけてしっかりと自分と向き合いなさいと言うのです。

手始めとして日記を書くことを義務付けられました。友だちに手紙を書きなさいとも言われました。思ったことを一度言葉に変換して、もう一度目で追いながら自分の考えていることを確認しなさいとのことでした。書き始めてどれくらい経つのでしょうか。

先生に言われてから直ぐに書き始めたのですから、もう三年近くは書き続けていることになります。一日の出来事を、思いついたときに書くだけでいい日記です。何時に起きて、何を食べて、何を考えて一日を過ごしたのか、当たり障りのない内容がつづられただけのものです。二十冊以上にもなる大学ノートを、私はときどき、昔の友人と再会する気持ちで開けます。入院当時、あれだけ書くことが面倒でたまらなかった私ですが、いまでは生活の一部として入り込んでいます。日記を書き始めた頃、私の文章は全くまとまりのないものでした。それはいま読み直すとよく分かることです。時折、感情的になって思うままに書き続けることができたとしても、それは途切れ途切れのスパゲティのように味気なくて、何だろうかと首を傾げたくなるほどです。とても読めるものではありませんでした。学生時代は作文も、感想文も少しは自信のあるほうだったのに、変な感じでした。私はまだ自分を包み込んでいるこの病気に、慣れていなかったのです。小学生の低学年のような日記を、それでも我慢して気分のいいときに書き続けてきたせいでしょうか、いまでは先生に「文章にまとまりができてきたね」と言われるようになりました。まとまりというのが、誰かに思いを伝えられるようになることなのか、先生が私の病状を判断する材料になる程度のことなのかは分かりません。ただ一つだけ言えることは、私の奥に渦巻いているこの気持ちが、順序よく言葉として並んでいきつつあるということです。でも、私の病気が強く襲ってくると、やはり書くことはできません。言葉を並べるパズルがどうでもいいことのように思えてくるからです。そんなことを繰り返しながら、入れ替わり立ち替わり、私の中のいろんな私がこの三年間に耐えてきたような気もします。

そして、気分よくノートを閉じることができて、書き慣れてきたことを実感する度、何度あなたに手紙を書こうと思ったことでしょう。文具屋さんで何冊の手紙セットを買ったことでしょう。今度こそと思って机に向かいます。でも、その度にやめました。やめさせられたと言った方がいいのかもしれません。こんなことを書いて何になるのかという私の意地っ張りが、いつもペンを走らせてくれませんでした。いい加減な女だとお笑いくださ い。相変わらずわがままな女だとお笑いください。でもそれが私の全てです。いまこうやってペンを持っていることが不思議なくらいです。なんだか目頭が熱くなってきました。ごめんなさい。話をもとに戻すことにします。

夕方、いつものように父が帰ってきて、母と遙と私と四人での食事が始まりました。父が会社の仕事の話をし、遙が会社の上司の悪口を並べます。みんな私に気を遣って、ときども笑顔を私に向けてくれます。遙は何かあるごとに「お姉ちゃんはどう思う?」と、私を会話に引き込んでくれます。遙は昨年の春に希望通りの旅行代理店に就職して、仕事が分かってきたからなのか、職場の話をよくするようになりました。それらはいつもの光景でした。でも、何かが違うのです。何かが心の奥で波打ち、次第に大きく大きく私を支配し始めました。いつもの動悸が始まったのです。私はいたたまれなくなって箸をテーブルに放り投げると、膝の上で両手を強く握りしめました。長い長い冷たい時間が過ぎていきました。気が付くと母が私の後ろに立って、食器棚の奥に隠してある薬と水をそっと前に置いてくれました。久し振りでした。もう薬なんか飲まないと固く決めていたのに、もう大丈夫だと思って病院を出てきたのに、私の病気は一向によくなっていなかったのです。私にはまだまだ薬が必要なようです。私は、その正式名称がややこしい精神安定剤が、病院の患者の間で〝クスリ〟と蔑みを含んだ言い方で呼ばれていたことを思い出します。それが法律で禁止されている覚醒剤や毒物のように、患者は呼び捨てます。それがないと眠れないのに、感情がどうやっても抑えられなくなってしまうのに、特別なことをしているという自覚が私にはありました。病院を離れたいまもその気持ちには変わりがありません。

私は薬のおかげで落ち着きを取り戻して、少し眠ることができました。いつものように浅い眠りでした。一時間くらい経った頃でしょうか、父と遙の笑い声で目を覚ましました。

父たちは一階でテレビを見ていたようです。私はそっとベッドを抜け出すと、無意識にベッドの下からあなたの手紙が入っている箱を取り出しました。ホームセンターなどで売っている、組立式の緑の段ボール箱です。眠っている最中、何度もあなたからの手紙を開ける夢でも見ていたのかもしれません。ためらいはありませんでした。私は今回頂いたあなたの分厚い手紙を取り出して、机に向かいました。切手を切ってしまわないように、注意深く小さな隙間にハサミを入れました。とんでもないことが書いてあったら、元通りにできるようにと思ったのです。恥ずかしいですね、都合の悪いことはいつも振り出しに戻せると考えているなんて。でも、私はハサミを置いて、恐る恐る手紙を取り出したのです。懐かしい文字でした。あなたの、宛名以外の文字を見るのは四年振りなのです。なのに文字を追いかけていくごとに、昨日も、一昨日も、そして、つい先ほどまで、あなたに会っていたような気持ちになってきました。いまになって、あなたから励ましの手紙など頂くのはもったいない女です。でも、私は読みました。あなたの懐かしい文字を一字も逃すことなく読みました。

　そして、もうあなたが私のことを「ユウちゃん」と呼びかけてくれないことを知りました。私も同じように、このお手紙を書きながら、あなたのことを「ヨウちゃん」なんてお呼びできないことを、深い悲しみをもって受け入れたのです。いつか、お互いをどう呼ぼうか決めることになったときのことを思い出してしまいました。あなたが上野公園のベンチで、同じヤ行だねと言って「ヨウちゃん、ユウちゃんにしようか」と空を見ながら微笑んだのは、もう遠い昔なのだと知ってしまったのです。お手紙を書きながら、私は何度昔に帰ろうと、ヨウちゃんと書こうとしたことでしょう。でもそれはとてもできそうにないことでした。もうそれだけの距離ができてしまったのですね。「あなた」と書かれて「あなた」と書き返すことが、この五年間のとても大きな罪のような気がして、身体中が熱く熱くなってきます。

これから私は一体なんてあなたにお返事を書いたらいいのでしょうか。涙が止まらなくなりました。あなたに何度も注意された泣き虫な私がここにいます。お話ししたいことも、書きたいこともたくさんあるのに、もう言葉になりません。どうか、私を許してください。そして、私を哀れな女だと笑ってください。あなたからのメール、いつまでもお待ちしています。

中途半端な手紙になってしまいました。手元に、何年も前に買ってきた手紙の書き方の本を置いて、今度こそはしっかりとお返事をするつもりだったのに、それもできそうにありません。どうかお許しください。このまま明日、家の近くのポストに入れることにします。

かしこ

高野　優子

六月十九日（土曜日）

岩崎　洋太郎様

Subject:お手紙ありがとうございました
Date:Thu, 24 Jun 1999 22:48:56
From:"Youtarou" 〈Youta@acc-nagoya.or.jp〉
To:"Takano Yuuko" 〈yuuko02@tachikawa.or.jp〉

お手紙を頂き、正直に言って腹が立って仕方がありませんでした。私が出した手紙をほとんど読んでもらってなかったこと以上に、お互いがお互いのことを知っていたと思っていたのが私の勘違いであったことがです。この五年間、あなたは私の身に起こったことをほとんど知らない。きっと香山さんから伝えられる私の話も素通りしていったことでしょう。私はあなたのことを香山さんから聞いて詳しく知っているのに、あなたは私のことをほとんど知らない。一方通行でしかなかったことに当たりようのない怒りが込み上げてきます。あなたにではありません。私自身に怒っているだけなのです。あなたの気持ちも知ろうとせずに一方的に十三通もの手紙を送りつけた私はなんて身勝手だったのでしょうか。あなたから返事が来なければ、十三通だったということすら知らずに語りかけようとしていたのです。

私もこれから書き始めるメールで、何から書いていけばいいのでしょうか。何からあなたに伝えればいいのでしょうか。伝えたいことが山ほどあるのに、五年という月日はなんて無意味に長かったことでしょうか。

こうやってパソコンに向かいながら、私もつい「あなた」と書き綴っていることは、時間が作り出した小さなこだわりなのでしょう。あなたにお会いして、両手を握りしめることが出来れば、もしかしたら「ユウちゃん」とお呼び出来るかもしれません。それまでは、やはり「あなた」とお呼びする方がいいのでしょう。私の今現在の感情を素直に受け入れながらあなたに語りかけることにいたします。

昨日、仕事から帰ると妻が「手紙が届いているよ」と言いました。もしかしてと思って、慌ててキッチンに駆け込んだのに、「冷蔵庫の上に置いてあるから」と素っ気ない妻の言い方に、ダイレクトメール類だと思って力なく返事をしました。

ここ一週間、私は家に帰ると必ずポストを見る癖がついていました。毎日残業をして九時過ぎに帰ってくるにもかかわらず、あなたからの手紙が届いているかもしれないと思うのです。郵便配達員があなたからの手紙だけ配り忘れて、こっそりと夜に配達したのではないかと、プレゼントを待ち侘びる子どものようにポストを覗き続けたのです。以前、あなたに手紙を出す度にポストを覗いた胸の高鳴りを思い出しました。どうしてメールではなく手紙なのか私にも判りません。ただ、あなたが返事をくれるのであれば、手紙でだと思い続けました。あなたの小さな頑固さが、私の心の隅に息づいていたからなのでしょう。

そして、とうとうあなたから返事を頂きました。私は冷蔵庫の上に置いてある差出人不明のオレンジ色の洒落た封筒を見つけると、あなたからの手紙だと瞬時に判りました。妻の目を気にしながら、急いでスーツの内ポケットに入れて平静を装いました。

私は帰宅するとスーツの上着を妻に手渡してから、キッチンの椅子に座ってコーヒーを飲んで、煙草を吸います。昨日もそうしました。今すぐにでも封を切って読みたいのに、私は何気ない顔をして、妻に「ご飯すぐに食べられるか？」と聞きました。妻は「すぐに温めるから着替えてきたら」と返事をしました。私は手紙を読む口実を妻から得たのです。しかし、立ち上がって着替えに行こうとすると、順平が目を擦りながら隣の部屋から出てきました。もう眠っていたのか、はっきりしない頭で「おかえりなさい」と言いながら私の足にしがみついてきました。順平の顔を見た瞬間、手紙を読むことを諦めました。読もうとすればトイレの中ででも、コンビニへ行くと言って少し外出してでも、いくらでも読むことが出来るのに、私はそれが受け取り馴れた手紙であるように装いました。そして、今朝、出勤途中の地下鉄の中でようやく封を切ったのです。震える手を制しながら、私は出入り口のドア横のスペースで人目を気にしながら、何度も何度も読み返しました。

今日一日、多くの得意先を訪問し、契約の話や雑談をしながらあなた宛に出すメールの内容を考え続けました。溢れる感情を制しながら、あれも書きたい、これも書きたいと要点を頭の中で作り上げて帰ってきたのですが、なかなか進みません。パソコンの前で胡座をかいて、考えた内容を無理やり引っぱり出すのですが、まとまりのない文章になってしまいます。先ほどから何度も消しては書いている始末です。書く必要のない手紙には筆まめなのに、書かなくてはいけない手紙には不精なのです。本当に何から書き始めたらいいのでしょうか。

それでは、少しだけ過去に遡ることにします。研修を終えた六月最後の金曜日の夜、新入社員研修で一か月間一緒の班だった五人で新宿の居酒屋に行ったことを覚えていますか。あなたと香山さん、営業の私と大久保耕太、中村一郎の五人です。耕太と一郎は配属のため、大阪へ向けて研修施設を日曜日の朝一番で出ていかなくてはならないという、慌しい夜の始まりでした。私たちが最後に集まった日でもあります。そこで私たちは同盟を作りました。あじさい同盟です。言い始めたのは香山さんでした。四百七十八人の新入社員の中で、この五人が一緒になったのも何かの縁だから、このグループに何か名前を付けてこれからは励まし合っていきましょうという、彼女らしい発案でした。私たちはそれまで笑いを交えながら一か月間の研修のこと、これからの会社でのことを話し合っていたのですが、しばらくの間、名前を考えるために黙り込みました。

沈黙を一番に解いたのは耕太でした。彼独特の調子のいい関西弁で、東西同盟や東海道同盟などと、いい加減なことを言い始めました。それにつられて一郎もふざける始末でした。何故「同盟」をつけなくてはいけないのか、ヤクザ映画の見過ぎじゃないのかと私が言うと、耕太は急にきりっとした表情を見せて、何かの本で読んだからと、彼らしからぬことを言いました。研修中に交わした会話の中で、読んだ本のことなど一口も話し合ったことがありませんでした。いつも勝気で、周りでその存在が際立っていた彼がそんなに本を読むのが好きだったとは思わなかったからです。もう少し早く知っていれば、私とあなたと耕太と取り留めもない話で盛り上がれただろうにと、からかい半分に耕太に告げた言葉も覚えています。

私は別れのときに同盟なんてつけるのはどうもしっくりこないな、と思いながらも、頭の中で繰り返すうちに、使い古されたその言葉がとても新鮮な響きを持っていることに気が付きました。私の中ではもう、同盟の前につく言葉を探し始めていました。私たちは口々に浮かんでいく言葉を呟いては消去していきました。なかなかこれといった名前が決まりませんでした。すると香山さんがあなたに「何かない？」と求めました。あなたはおもむろに居酒屋のテーブルの中央にある花瓶に手を延ばし、生けてあった紫陽花の花びらを器用に一つだけ千切ると「あじさいっていうのはどうかな」と柄を持ってくるくる回しながら言いました。理由を聞くと「目の前にあったから」と言うのです。そして、あなたは悪戯をしたあとの子供のように舌をぺろりと出して「実は私もその本、読んだことがあるの」と漏らしました。「女の子が片足切っちゃって、死んじゃう悲しい話。でも、不思議なのよね。悲しいんだけど、さっぱりしてるの。シャンプーしたあとみたいにね」と、あなたは続けてから、しゃべり過ぎたと後悔でもしたかのように肩をすぼめて小さくなったのです。

あなたの一言で私たちの同盟の名前はあじさい同盟に決まりました。目の前にさくらの花があればさくら同盟、コスモスの花があったらコスモス同盟になったのだろうかと、私はしばらく考え込みました。しかし、今思うと、必然的に導かれたような名前だったような気がします。あなたは目の前にあった紫陽花を見ながら今か今かと待ちかまえていたのだと思います。きっと真剣に考えていたことだと気付かれないように、あっさりと言おうとしたのでしょう。そのあと、あなたが花びらを自分のカクテルの中にぽんと放り込む姿は、どこかの映画で見たようなシーンでしたから。それも、今になってやっと気が付いたことです。

しばらくの沈黙のあと、私は言葉の続きを考えに考えて「紫陽花のように雨に打たれても負けない同盟だ」といくらか格好をつけて言いました。

五日後の七月一日の水曜日、私たちはそれぞれの支店へ正式配属になりました。何故その日が水曜日だったことを覚えているのか自分でも不思議です。会社帰り、慌てて忘れていた名刺入れをデパートに買いに行ったのですが、定休日だったため仕方なくどこかの偽物の輸入品ショップで安物を買ったことを覚えているから水曜日なのでしょう。今ではどこのデパートも水曜は営業をしているというのに、私の中にはそんな小さな思い出があなたとの思い出と同じように、心地よく積み重なっています。

私たちは二か月前に配属されていたあなたたち、短期大学卒業の営業アシスタントとは違って、余分に二か月間の専門分野の研修を受けてからの配属でした。大久保耕太は大阪支店へ、中村一郎は神戸支店へそれぞれ配属され、私は幸運というのか偶然というのか、あなたの配属されていた丸の内支店のシステム営業第一課に配属されました。今度の七月一日でちょうど七年前のことになります。

ここで耕太と一郎のことを少しだけお話しすることにします。耕太は大阪支店に行ってから持ち前の頑張りで、今では係長心得の役職になっています。大学時代にサークルで知り合った女性と私の転勤した年の十月に結婚しました。近くということもあって結婚式は強引に出席させられました。彼らしい華やかな式でした。

梅田のイタリアンレストランを貸し切りにして行われた二次会も終わり、そろそろ皆の帰り支度が始まった頃、耕太が人の輪を抜け出して私の方へ近づいてきました。耕太は立ちつくしたまま、腰を下ろしている私を見下ろして「これでみんな離ればなれになったな」と言いました。私が「離ればなれ?」と鸚鵡《おうむ》返しに聞き直すと「あの頃は追いかける夢があったような気がするな」と言いました。そして、これからどうなるんだろうなと続けました。私が遠くで友だちらしき人と話している新婦に目配せをしながら「新しい道が始まったばかりじゃないか」と返すと、そうではなく、自分の夢が新しいことに紛れてしまう様な気がして怖いんだと耕太は言いました。彼らしくない自信のなさそうな目つきでした。新しいことを始めるときは、つい今まで持ち続けていた自分の信念みたいなものを失いそうになるんだと、弱気なことを話し続けました。私は二言三言返すだけで、あとは頷くだけでした。しかし、耕太と初めて二人きりで真剣に話すことが出来た気がしました。

そして、耕太は表情を変えると、私の目を真剣に見下ろして「高野は元気か?」と言いました。私が小さく首を振ると、耕太は急に笑い出して「あの最後の居酒屋は最高だったな。あじさい同盟だなんて、いい名前授かったもんな」と私の肩を一回叩いて、賑やかな人の輪に戻っていきました。それが耕太からあなたのことを聞かれた最初で最後の言葉でした。私たちはいつもどこかで守られていたのだ、と今になって強く感じています。どういう方法で、どういった知らされ方で耕太に伝わったのかは知りません。しかし、私たちを、いや、あなたという小さな存在はいつも誰かに優しく包まれていたのだと実感しています。

耕太は今いろいろと新しい道を考えている様です。しばらくは今のまま営業をやり続けたいとのことですが、これから何をしたいのかが見えなくなっているのだそうです。多くの得意先からうちの会社に来ないか、という誘いを受けているから、余分なことを考えてしまうのだそうです。出来る営業マンの鏡のような奴です。将来は一国一城の主になると言い続けている彼ですので、そのうち何かをやってくれることと期待しています。彼とは今でも社内メールで連絡を取り合っています。やり取りする内容は大したことのないことばかりです。隣の課のある女性とある課長が不倫関係にあるとか、今度新しく発売されたシステムの売れ行きはどうかなどです。最近読んだ本の紹介もし合っています。ときどき「夢はどうした?」とからかい半分でメールを送ると「俺の中で育ちつつある、ような気がする」とふざけた答えが返ってきます。彼ならこの世界がひっくり返っても、生きていけそうな気がします。砂漠の民に毛皮でも平気で売ってくる力があるのだと思います。

一方、一郎の方は今何をしているのか判りません。神戸支店に配属になって二か月ほどして退社したのだそうです。私も耕太から聞いたことなので詳しいことは判りませんが、やりたいことが出来たのだそうです。何をやりたいのかまでは判りません。連絡を取ろうと思えば取れるのですが、私も耕太もあえて取っていません。皆がそれぞれに何かを思って、あの日旅立ちました。私とあなたを除いては一人きりで新しい世界へと踏み込んでいったのです。私も何度もお話ししたように、中小企業診断士の資格を取るための勉強は続けています。名古屋に来たばかりの頃は、夜間に行われるセミナーなどにも参加しました。私の中で少しずつ育ち、実現へ導こうと決意をしている目標です。

私はあの夜の皆の姿を思い出しながら、考えてきたことがあります。大学卒業後、淡い目標を持って同じ会社に入ったのですが、私たちが本当に何をやりたいのか、大学生の時点では正確には見えていなかったということです。名古屋で生まれて、ただ東京にあこがれて大学に行っただけの若者に何が判るというのでしょうか。就職活動で企業研究や自己診断をしたといっても、結局机上での判断材料に過ぎなかったとようやく知ったのです。

私が二年間の営業を経て、初めて中小企業診断士の資格を取って、経営コンサルタントの仕事をしたいと思ったように、幾らかの社会経験がなくては本当の自分が見えてこないのかもしれません。だから営業という職種は自分を判断する上で一番いい仕事なのかもしれません。

最近、新聞で新卒の社会人が三年以内に転職する割合が三人に一人だと、転職率の増加が伝えられています。紙上では辛抱強くないとか、いい加減だとか言われていますが、ある意味、誰もが自分のやりたいことを行動に移すことが容易になった社会に変わった結果なのではないでしょうか。格式とか規則にとらわれない意識がどこかで芽生え始めているような気がしてなりません。もう社会人八年目にもなる私が、三十にもなった私が話したところで説得力がないのかもしれませんが、何故か楽しみなのは、私にもまだ希望が見えているからなのでしょう。

三十という区切りで、私はこの胸にあるものを少しずつ思い出に変えていきたいと思っています。過去の十年と、これからの十年を、山の頂上にいる気持ちで冷静に見つめることが出来る年齢なのかもしれません。時には上を向いて、時には足元を見下ろして、何かを反省し、何かを前向きに考えなくてはならない大切な時間のような気がしてならないのです。

あなたの夢は小さな雑貨屋を開くことでした。どこかの学校に続く坂道の途中にある雑居ビルの一階で、入り口には観葉植物を丸く並べて、カーテンはオレンジ色で、静かなピアノ曲が流れている、そんな雰囲気の店だったですね。いつになるのか判らないと何度も付け加えていましたが、自分のためだけの店を持つことでしたよね。夢があることは自分をしっかりと見つめることが出来る証拠です。あの頃のことを思い出してください。あなたの目はとても生き生きしていました。あなたならきっと大丈夫ですから。

先ほど、妻が居間から私を呼びました。順平を風呂に入れて寝かしてくれというのです。何を書いたのか整理の出来ないメールになってしまいました。もうそろそろ行かなくていけませんので今日はこの辺にします。それでは、また明日も仕事ですから。

おやすみなさい。

岩崎　洋太郎

Subject: Re:お手紙ありがとうございました
Date: Sat, 26 Jun 1999 18:29:56
From: "Takano Yuuko" 〈yuuko02@tachikawa.or.jp〉
To: "Youtarou" 〈Youta@acc-nagoya.or.jp〉

今日はとても気分がいいです。久し振りに気持ちよく晴れ渡っているからでしょうか。梅雨に入ったにもかかわらず晴れ間を見ると得した気分になります。子どもの頃に戻れたようで、少しだけ得した気持ちです。でも、刻々と私の嫌いな夏が迫ってきます。早く梅雨が明けて欲しいとは思うのですが、夏は来て欲しくないです。今年もゆううつな夏を過ごさなくてはいけないのかと思うと、気持ちが滅入ってしまいます。ごめんなさい。せっかく気分がいいのにこんな話をしたらダメですね。話題を変えることにします。

今日、十時半頃でしょうか、遅い朝ご飯を食べていると父が「今日の昼は新しくできたラーメン屋まで食べに行くか」と言い出しました。私の住んでいる立川はここ最近、ウドのラーメンが流行しています。街のあちこちでウドラーメンというのぼりを見かけます。父が食べに行こうと言ったのはあるチェーン店のラーメン屋で、近くの西立川駅前に新しくできたお店です。私の家からは歩いて十分もかからないでしょうか。住宅街から駅前通りを過ぎてすぐの所にあります。昼の混雑を避けて、私と父と母の三人は一時過ぎに家を出ました。遙は友だちと遊びに行ったようで、朝起きると家にはもういませんでした。私は店に着くまでの間、ラーメンの中に入っているウドの姿を想像しました。もやしやキャベツや白菜ではなく、どうしてウドなのでしょうか。私は歩きながら、あの白いウドが楽しそうにラーメンの上で横になっている姿を想像しました。どうやって切ってあるのか、考えても考えても思い浮かばないのです。短冊に切るといっても大きいし、といって薄切りにするのも変なんです。私は知らず知らずのうちにクスクス笑っていました。だって、ウドなんですよ。母が気味悪がって「やめてちょうだいよ」と何度も私の肩に手を置いて覗き込みました。本当にいい天気でした。少し暑いくらいでしたが、湿度もちょうどよく、このままの天気が続かないものかと、心の中で祈り続けたほどです。

商店街を過ぎて駅前通りを折れたところで、行列を見つけました。三日間オープンセールの日が続くとあって、全ての食べ物が半額だからでしょうか。大学生風の若者から制服を着た高校生、物珍しさについ並んでしまったお年寄りまでが立っていました。そのとき、突然父が走り出しました。いかにもどこかの間抜けなおじさんといった走り方で、列の最後尾に立つと私たちを手招きして「早く、早く」と恥ずかしがる様子もなく叫び出しました。私と母は顔を見合わせました。恥ずかしくて仕方がなかったのです。私たちは伏し目がちになり、少しずつ早歩きになり、しまいには小走りになっていました。行列に追いつくと母はすかさず「やめてちょうだいよ」と本当に迷惑そうに言いました。すると父は「すまんすまん」といつもの調子で両手で口を覆って、ばつの悪そうな顔をしました。

母のいつもの口癖をいっぱい聞いて、父のいつものそそっかしさを見ていると、私は幸せなのかもしれないと思ってしまいます。こんなに優しい父と母の期待に応えられない私がとても情けなくなってきました。私はこんな幸せな状況の中でも、ふと冷静に自分の居場所を見つめ直してしまって悲しくなってしまうのです。あれこれと考え始めた私を見て、父が「珍しいもん食べると元気が出るって昔から言われているから」と言って私の頭に手を置いて覗き込みました。私は歯を食いしばって、精一杯の笑顔を作って父を見上げました。父の頭の上を大きな雲がゆっくりと動いていきました。もう夏なんだな、と何となく感じてしまう雲でした。

カウンターに座った私たちは三人とも普通盛りのウドラーメンを注文しました。店内はとても混んでいて、外の行列もますます長くなっていくようでした。私を挟むように父と母が座りました。カウンターで三人が座ってラーメンを食べるなんて何年振りのことでしょうか。記憶を遡ってもずいぶんと昔のことのような気がします。あなたも私たちの後ろ姿を見たらきっと笑うでしょう。だって、大人が三人でカウンターに座ってウドラーメンを待っているのですから。注文して十五分くらい経ってからラーメンは出てきました。主人らしき人が父からカウンター越しに渡していきました。次は私と思ったのですが、私を飛ばして母の方が早く出されました。どうしたのだろうかと思っていると、ご主人は何やら嬉しそうな顔をして「お嬢ちゃんには特別、ウドの大盛りね。美容にいいし、勉強も頑張らないといけないからね」と私にだけウドが山盛り入ったラーメンを出してくれました。私はおかしくておかしくて仕方ありませんでした。だってもうすぐ二十八になる私が大学生くらいに間違われるんですもの。あなたにも「セーラー服着せたら映画も学割になるかもな」とからかわれて言われていたことを思い出してしまいました。私は童顔なのでしょうか。得した気分もしますし、年を取ったらどうなるのだろうかと心配にもなります。これからは近くの商店街に出かけるときでも少しだけ気を遣ってお化粧でもしようかと思います。

ウドのラーメンは思った以上に美味《おい》しかったです。コリコリとしていままでに経験したことがない食感でした。もやしでもなく、メンマでもなく、キクラゲでもない新鮮な感じでした。今度は私一人で行ってみようかと思います。お店のご主人は私を覚えてくれているのでしょうか。もし私を覚えてくれていたら「二十八だからこの前より多めに入れてくれます?」なんて、言ってみようかと思います。お化粧をした私に、ご主人は驚いてくれるでしょうか。

今日は本当に幸せです。おいしいものを食べて、面白い人にも会った。毎日がこうであったらいいのにと思いながらパソコンに向かっています。だから少し長い文章になってしまいました。今日はもう少し書けそうです。敬子にもこんなに長いメールは書いたことがないのに、今日は全然大丈夫そうです。あなたへの初めてのメールだからでしょうか。

私はお腹《なか》いっぱいになって、家に帰ってきて少し昼寝をしました。一時間くらいして起きると、あなたの手紙の入った箱を取り出しました。読もうというのではなく、いままで気分がいいときに何度となくしてきた行為です。あなたの手紙をトランプ遊びのように日付順に並べて、ただ見つめるのです。中に九十円切手が貼ってある封筒が八通もあるのをご存知でしょうか。そのうち何通かは八十円切手でも大丈夫なのではないかという重さのものもあります。あなたらしく用心深い行いですね。といって私も量ったわけではないので確かなことを言うこともできません。ただ、あなたはいつも二度手間になることを嫌がっていました。自分では面倒くさがり屋だと言って、自分の行き過ぎとも言える用心深さに呆れていましたね。でも、私にはそれはとてもあなたらしかったことだと思っています。私たちはよく新宿までお酒を飲みに行ったり、映画を見に行ったりしました。新宿へ行くためには中央線の快速が一番早いのですが、あなたは中央線や総武線で人身事故があると聞くと、復旧予定時間を確認することなく、真っ先に私の手を引っ張って山手線のホームに向かいました。あなたの「急がば回れって言うからな」と満足げに話す姿が思い出されます。何事にも注意深く、本当に極端なほど慎重でした。

そんなあなたを思い出す度に、あの日の照れくさそうな姿を思い出します。あなたが配属されて一週間が過ぎた頃、帰る間際に私にそっと紙切れを渡した日のことです。私が七月に入ってから任された在庫管理の仕事を終わらせるために残業をしていたときのことです。打ち出された販売実績データを画面で照らし合わせるだけの仕事でした。馴れれば簡単な仕事なのですが、不馴れな私は先輩に叱られながら、それでも必死に覚えようとしていたのです。あなたたちは配属されたばかりで、先輩同行が多く、残業もほとんどなく、五時を過ぎるとすぐに帰ってしまっていた頃です。

私は周りの先輩の目線を気にしながら、こそっとメモを開けました。メモには「六時に丸の内口前の公園で待ってます」と書かれてありました。あのキリンとかパンダとか、動物型のベンチがある小さな公園です。積み上げられた仕事を前に、私は急に腹立たしくなってきました。六時なんかに終わるはずもないのに、あなたは勝手に待っているなんて。私はいらいらしながらも早く終わらせよう、早く終わらせようと頑張りました。あなたの待っている公園に行こうなんて決めていませんでした。なのに気は焦るのです。仕事が終わったのは六時を二十分ほど過ぎた頃でした。私は急いで帰り支度を整えるとエレベーターに飛び乗りました。そこで私は初めて気が付きました。あなたと二人きりでお会いするのは初めてだということ。そして、これは私をデートに誘ってくれたってことなのだろうかと。研修のときに同じ班でいつも会っていたからなのでしょうか。私はあなたと会うことに少しも抵抗を感じていませんでした。公園に近づくにつれ、遠回りをしてあなたに会わずに帰ろうかとも考えました。私の頭はなおも考えに浸りました。デートに誘われたということは、私のことが好きなのだろうか、もしかしたら急に抱きしめられたりして、とあなたもご存知の丸の内支店が入っているビルの玄関から、公園までの歩いて五分もかからない道のりで、恥ずかしくて口には出せない多くのことを考え続けました。だって、高校も短大も女子校で男の人とお付き合いするのはもっと大人になってからだって思っていたほどですから。まだまだ二十歳の若い頃の私でした。

私はあなたの姿を見つけると、歩調を緩めました。あなたはタバコを吸いながら東京駅の方をずっと見つめていました。私は脅かしてやろうと、後ろからそっとあなたの側まで歩み寄ったのです。あなたは私の顔を見ると、狐に摘まれたような不思議な顔をしました。そしてポケットから携帯用の灰皿を取り出して、吸い殻をぽいっと放り込むと「腹減ったな。なんか食いに行くか」と照れを隠すように歩き出しました。私は訳が分からず、ただあなたの後ろを遅れないようについていったのです。あの日から私たちの二年間が始まりました。

私はいま、メールを書きながら過去のことを思い出しています。思い出しても思い出しても次から次へと浮かんできて、きりがありません。過去のことをきれいに整理して、あなたに伝えるためにはもう少し時間が必要です。私にはいっぱい時間があります。これから少しずつ思い出していくことにします。あなたもそれにお付き合いしてくれるような気がしてなりません。勝手な思い込みでしょうか。

その前に、あなたのメールを読んで一つだけお話ししておかなければいけないことができました。なぜあの頃話さなかったのかとお怒りになるかもしれません。でも、いまなら話せるような気がします。一郎さんのことです。

一郎さんが神戸支店に配属になって一か月が過ぎた頃、私宛に長い手紙が届きました。お盆前の暑い頃でした。それまで一郎さんが研修で東京にいた三か月間に、度々家にも電話を頂きました。いつも一郎さんばかりが話し続ける長い電話でした。実家のある神戸のこと、小さい頃旅行したこと、将来のこと、私はただ頷いて聞いていたのですが、迷惑という訳ではありませんでした。いついつ会おうなんてお誘いの電話を頂いた訳ではありませんでしたから。そんな一郎さんから頂いた手紙にはいつもの口調から考えられないようなことが書いてありました。私のことが好きだって何回も書かれてあったのです。八月というと、あなたと毎晩のようにお食事に行くようになった頃でした。私はあなたとお付き合いしながら考えました。あなたが一郎さんならば、私は同じようにお付き合いをしていたのだろうかって。そして、あなたからの強引なお誘いがなかったら、一郎さんになんて返事を書いていたのかって。私は手紙を頂く度に言葉少なく返事を書きました。それでも一郎さんは繰り返し手紙をくれたのです。

それがあの震災があって少ししてから届いた手紙が最後になりました。私も心配で心配で仕方がなかったのですが、連絡を取る手段が手紙しかありませんでしたので、そのまま時間だけが過ぎていきました。震災があったときはあなたも東京にはもういませんでした。一郎さんはそのとき会社を辞めて専門学校に通っていました。専門学校というのは福祉関連の学校です。介護士かヘルパーの資格を取るために一生懸命勉強をされていました。

最後の手紙には、被災地の悲惨な様子が書かれていました。瓦礫の下から聞こえるうめき声や、道路脇に並べられた毛布を掛けられた人たちの冷たい姿までが、写真を見ているように目に浮かんでくるお手紙でした。そして、結びに今度の震災で自分が何をしたいのかやっと分かったような気がすると書かれてありました。迷い続けてきていまはよかったと思うと、淡々と私に語りかけてくれました。それからはまったく連絡がありません。私も返事をお出ししていません。あなたが言うように、それぞれが本当に旅立っていったのだなと感じたからです。これが私の知っている中村一郎さんです。

先ほどから私を包み込んでいるチャイコフスキーの『悲愴』が三度目の第二楽章に差しかかりました。とてもいい曲です。第四楽章まであるこの曲の中で大好きな楽章です。『悲愴』はチャイコフスキーの晩年に作られた曲です。私の中で忘れかけている思い出をかき立ててくれる、それでいて何か新しい世界がそのあとに存在するような予感を感じさせる曲です。ひっそりとしていて、強い意志を持った物語なのでしょう。

本当に長いメールになりました。この辺で一度終えることにします。もうすぐ夕ご飯です。先ほどラーメンを食べたばかりなのに、もう夕食です。いまの私には食べることが一番の楽しみです。だから少しずつ重くなっているのかもしれません。

高野　優子

Subject: 楽しいメールをありがとうございます
Date: Sun, 27 Jun 1999 17:21:19
From: "Youtarou" 〈Youta@acc-nagoya.or.jp〉
To: "Takano Yuuko" 〈yuuko02@tachikawa.or.jp〉

あなたの可愛らしい笑みがすぐそこに感じられるお話でした。つい先ほどまで公園のベンチに座りながら、直接聞いていたような気持ちです。私たちはいつもどこかの公園で待ち合わせをしました。あなたは公園が本当に好きでした。ベンチで何をするでもなく、周りの様子を眺めるだけのことがです。目の前を行き来する子どもを見つめながらクスッともらすように笑う、あなたの可愛らしい笑い方を、昨日も、今日も、ずっと聞いていたのではないかと思えてきました。明日もどこかの公園に行くと、私を待ちながらも、何かをただひたすら見つめるあなたの眼差しがあるような気がします。私はそんなあなたの姿を遠くから見つめたものでした。待ち合わせ時間に少し遅れてあなたの前に立つと「おそい」と一言、口を尖らせて私を見上げる姿も先ほどのことのように思えます。

いつか、どうして公園が好きなのかと聞いたことがありました。あなたは「わからない」と答えながらも「人が多過ぎず、少な過ぎずだからかな」と戸惑いながら呟きました。公園というのは小さな優しい社会なのかもしれません。交差点のように大勢が同じ方向に歩むのではなく、といって森の中のように人の存在が感じられないという訳でもない。入れ替わり立ち替わり飾らない人たちが出入りし、見栄を張ることもなく、ごく自然に自分を表現している。小さな社会が精一杯に動いています。淋しがり屋のあなたはそんな正直な社会が好きだったのではないでしょうか。飽きもせずにただ遠くを眺めていられるのは、一歩踏み出せばその社会に紛れ込むことが出来るし、踏み出さなければ社会に踏み込まなくてもよいという境界線が目の前に存在していたからではないでしょうか。自らで踏み越えることが出来る安心感がそうさせたのではないでしょうか。それはいつでも引き返すことが出来る優しい自分だけの境界線です。私たちはいつの頃からか、境界線を自分自身の意思で踏み越えることが出来なくなってしまいました。誰かに誘発され、誰かに押されてしかまたぐことが出来なくなってしまったのです。そして、私もその波にのまれています。悲しいことです。あなたにとっても、自分を見つめ直すこととともに、自らで一歩踏み出し、公園の中で無邪気にはしゃぐ子どもたちの手を取ることが出来れば、新しい道が見つかるのではないでしょうか。いつか、公園で足下に転がってきたボールを拾ってあげて、そのまま小学生の仲間に入って二人ではしゃいだときのように。ただボールを投げ合うだけのことなのに、どうしてこんなに楽しいのだろうかと思ったものです。あのときの子どもたちの笑顔を覚えていますか。今度の日曜日もまた遊びに来てねと言われたときの、清々しい気持ちが思い出されます。

堅い話になってしまいました。話題を変えることにします。

今日の午後、近くの公園へ散歩に出かけました。名古屋も久し振りの晴れた休日を迎えたためか、公園は親子連れで溢れていました。キャッチボールをする親子も、バドミントンをする親子も、ただ追いかけっこをする親子も、それぞれがそれぞれの小さな世界を楽しんでいました。私たち三人はというと、公園脇の芝生の一角を占領してゴムボールで遊びました。順平はボール遊びが大好きです。将来は私が野球少年時代に叶わなかったピッチャーをさせようかと今から思っているくらいです。まだキャッチボールは早いですが、今から仕込めばプロ野球選手になるのも夢じゃないかもしれません。まあ、それは親の浅はかな考えかもしれません。一時間ほど遊んでいたでしょうか。しばらく休憩を、と思って芝生の上に座って休んでいると、順平が芝生の上で寝息を立て始めました。疲れたのでしょうか、背中を揺すってもまったく起きる気配がありません。私は家に帰って寝かせようと順平を抱きかかえました。抱きかかえたにもかかわらず起きませんでした。仕方なく順平の頭を膝の上に乗せて、しばらく寝顔を見下ろしました。私たちがいないと心配ですぐに泣き出すくせに、私か妻のどちらかが視界に入っているとどこでも寝てしまいます。将来はよほど大物になるか、よほど気の弱い男になるかのどちらかでしょう。大物になって欲しいのは山々ですが、今はそんなことを考える余地はありません。ただ、日々大きくなっていく順平を見守っていくことが楽しいことなのです。これが実感出来る幸せというものなのかもしれません。順平は三十六週目で生まれました。二四五〇グラムの小さな子どもでした。時期的に言うと早産の類に入るのだそうです。何かにつけて成長の遅い子どもでした。夜泣きも少なく、お腹が空いても他の子のように激しく泣くこともありませんでした。私たちはあまりの心細さに何度近くの産婦人科の先生を訪ねたことか判りません。

何か病気を持って生まれてきてしまったのではないかと、疑ってやまなかったのです。四か月ほど経った頃、一向に首がすわらないことを変だと思って大学病院の小児科へ行ったことがあります。いつもお世話になっている先生は「少し成長が遅い方が元気に育つから大丈夫」としか言ってくれないからです。実家の母も大丈夫と言うのですが、私たちはそれ以上の安心が欲しかったのです。病院は白く角張っていて、何事も白か黒かはっきりしているように思われました。近くの産婦人科の診察室のように、何年も前に張られたままの色褪た定期検診を促すポスターもありませんでした。私は整理された診察室の片隅で、小児科の先生の細かい質問に答える妻の横顔を見ながら、この子が知恵遅れだったらどうしようかと考え続けました。窓から差し込む光が、白すぎる壁に永遠に反射され続けているようで、辺りを銀色に浮かび上がらせていました。その明かりは、病室で我が子を見守る私たちの姿を思い起こさせました。妄想はますます膨れ上がっていきました。私たちは我が子可愛さで育てているが、もし障害があると知ったとき、この子を今まで通り育てることが出来るのか。もし、次の子どもが出来たらこの子はどうなるのだろうか。私は今思い出しても恐ろしいことばかりを考え始めたのです。

気が付くと、妻が張っていた肩をすっと下ろしていました。先生はこのまま一か月様子を見て、それでも変わりがなかったらそのとき一度精密検査をしてみましょう、と言われました。最後に「最近の若い母親のように何もかも急がせることもないでしょう。人間それぞれ顔が違うように成長の度合いもそれぞれです」と言われたのです。先生の笑顔は随分と昔に他界した祖父のもののような温かさを持っていました。私は急に恥ずかしくなりました。思えば、私たちは本や雑誌の情報を正しいと信じ込み過ぎて、産婦人科の先生や母の言葉を真剣に聞いていなかったのです。現代人の習性なのかもしれません。大きなもの、書物によるもの、テレビで流されるものの情報は間違いのない、正しいものだと勝手に判断していただけなのです。考えを改めるまでに随分と遠回りをしたものだと、帰りの車中で妻と話したことを覚えています。

今では順平は普通の子どもと変わりがありません。世に言うわんぱくになっているのが少し気がかりなほどです。言うことを少しも聞いてくれないのです。私が一番気になって仕方がないことは、私のことを「パパ」と呼ぶことです。気味が悪くて仕方がありません。妻が昼間、私のことをパパと呼ぶからだそうです。少し前まで、私は順平を風呂に入れる際「おとうさん」と言いなさいと、威厳を込めた口調で命令していました。妻には隠れての教育です。その場ではしっかりと練習をして言うことが出来ても、少し経つと忘れてしまうのか、「おとうさん」とは呼んでくれません。「おとうたん」になってしまうのです。間の抜けた言い方に私の方が折れてしまい、最近はどうでもいいかと思うようになってきました。将来は必ず「おとうさん」と言わせるつもりですが、今しばらくは人に迷惑をかける子どもにだけはなって欲しくないという願いで精一杯です。私が父からよく言われたことです。「人に迷惑をかける人間にだけはなったらだめだ」私の心の奥底に留まり続けている言葉です。

あなたもご存知のことと思われますが、名古屋に転勤して一年経たないうちに、父は他界しました。こうやって、父親になってみると、父の言葉一つひとつが重みを増していくことを実感します。名古屋に転勤したての頃、父はあと半年ほどの余命でした。それでも病院のベッドの上で、私にいくつもの言葉を残してくれました。ひとつだけ忘れられない言葉があります。私と母と休日の日溜まりの中で世間話をしていたとき、父が急に何かを口走りました。最初は「みず」と言っていたようでした。母はポットにお湯がないことを確認すると、病室を出て給湯室へ走って行きました。父は母を目で追ってからも何かを細々と話し続けました。身体中に転移したガン細胞に侵されて、その頃には何を話しているのかはっきりと聞き取れなくなっていました。肝臓に少しだけ発生して、取り除いたはずの細胞が、一年も経たないうちに食道をも圧迫するほどの大きさになってしまっていたのです。私が耳を近づけて言葉を嚙み砕いて聞くと、どうやら「ありがとう」と言っているようでした。「何が?」という私の問いに、父は「ありがとう」と連ねるだけでした。母が戻ってくると父は急に口を噤《つぐ》んでしまって、天井を見つめ続けるだけでした。私は父が何に対して「ありがとう」と言っているのか、そのとき判りませんでした。母にも心当たりを聞いたことはありません。しかし、こうやって時間が経って考えてみると、「ありがとう」にとても深い意味が含まれていたことを知りました。名古屋に帰ってきてくれてありがとう、看病してくれてありがとう、今までありがとう。私の中で膨れ上がる父の「ありがとう」はこれからも気持ちよく居座り続けるでしょう。私から順平へと引き継ぐべきものを、父は今でも少しずつ教えてくれているのだと思います。様々な父の方法が私の中に眠っています。父からよく殴られたのもひとつです。将来、順平が大きくなったら私も順平を殴るのかと思うと少しばかり心配です。きっと私は順平が誰かに迷惑をかけるようなことをしたら殴ることでしょう。手を出すことが正しい方法とは決して言えませんが、父も私にそうやってしか、自分の言葉を伝えることが出来なかった気がします。言葉ではない親子の感情が、父の拳には込められていたのです。しかし、今の私にはまだ順平を拳で言い聞かせる自信はありません。自信がいつ備わるのかは見当もつきません。永遠に備わることはないような気もするのは、まだ私自身が自分の確固とした道を指し示して歩いていないからなのでしょう。淡い夢を追っているだけで、時間は無意味に過ぎていきます。しっかりしなくてはなりません。早く中小企業診断士の資格を取って、早い時期に自立しなくてはいけないと焦りを感じ始めたのも確かなのです。今年は仕事が忙しくて勉強する時間がほとんど出来ませんでした。言い訳をするつもりはありませんが、細々と勉強は続けるつもりですし、今までも少しずつですが取り組んできたのです。現在取りかかっている大きな仕事が受注出来れば少しは時間が作れそうですから、再びセミナーに出席しようと考えています。

私事ばかりを長々と話してしまいました。

一郎のこと、お話し頂いてありがとうございました。福祉関係の道を選ぶのは根の優しい、彼らしい選択だったのかもしれません。一郎は誰もが気が付かない細かなことに注意を払うことが出来る男でした。彼なら誰かの役に立ち、その中で自分を成長させていけることでしょう。自分をあの震災後の悲惨な光景の中で、しっかりと見据えることが出来たのだと思います。今でも、神戸の町角で厳しい表情をして立ち尽くしているのではないでしょうか。

あの日、本当にそれぞれが新しい道を模索するために旅立っていったのです。あなたが私に話さなかったこと、自身を責めることはありません。同じ立場の人なら誰でもそうしたことでしょう。どうか自分を責めないでください。私にだってまだまだあなたに話したいこと、話さなければならないことが山ほどあります。私にも時間は山ほどあります。それほど急ぐこともないでしょう。過去は逃げていきません。ずっとそこにあり続け、私たちを優しく導いてくれるはずです。

それにしても、私があなたを初めて誘った日のことを、あなたはよくも鮮明に覚えているものです。もう七年も前のことです。私は自分の行為を思い返すだけで鳥肌が立ってきます。二十三歳の若者の突発的な行為と私は忘れようとしているのに、あなたはそれが始まりであったと言う。私たちは新人の身で本当に怖いもの知らずでした。それからの職場での緊張感は、とても心地よく、外回りのためにビルを出たとたんに身震いしたほどでした。

あなたは本当に可愛らしい人でした。もう一度、どこかの公園のベンチに座って、あなたの横顔を眺めながら「どうかした？」と問いかけたくなりました。あなたはいつものように遠くを見つめながら「考えてるの」と呟くだけなのでしょう。あなたの視線の先にある雲の向こうには、あなただけの何かが見えていたのかもしれませんね。それは何でしょう。これから時間をかけてゆっくりとお聞きすることにいたします。

岩崎　洋太郎

Subject: Re:楽しいメールをありがとうございます
Date: Wed, 30 Jun 1999 22:43:02
From: "Takano Yuuko" 〈yuuko02@tachikawa.or.jp〉
To: "Youtarou" 〈Youta@acc-nagoya.or.jp〉

あなたに謝らなければならないことがありますね。私はあなたが名古屋へ転勤していった理由をすぐには理解できませんでした。敬子からあなたのお父さんの病気のことも、亡くなったことも聞きました。でも、それは随分とあとのことでした。冷静になって、敬子からお説教のように話し続けられてからやっと理解していったのです。私の一方的な思い込みは、それでも続きました。正確に言うとつい先ほどまで、あなたからメールを頂くまで、私はあなたに訪れた様々な理由を受け取ろうとしなかったことになるのですね。いま考えれば、黙り込んでいた会社でのあなたの後ろ姿も、何度も唐突に話してくれた「どうしても帰らなくてはならないんだ」という言葉も、一つの線に繋がっていきます。どうしてあのとき、私はしっかりと聞こうとしなかったのでしょうか。あなたに気を遣ってもらわなければいけないほど、私の病気はひどいものだったのでしょうか。本当にごめんなさい。あなたはこんな私を許してくれるのでしょうか。本当にごめんなさい。素直になれなかった私の意地っ張りがとんでもない方向へ導いてしまったのですね。きっと、あなたは私の病気のことを知っていて、お父さんに迫っている厳しい現実を私が知ってしまわないようにしてくださったのですね。暗い部屋の中で一人きりで過ごしてきた、遠い時間が懐かしくなります。あの頃は、誰にも迷惑はかけていなかったのです。小さな携帯ラジオから流れる懐かしい音楽をただひたすら聴きながら、部屋の隅で本ばかりを読んでいた私に戻れたら、私はこんな後悔ばかりを繰り返さないでしょうに。本当にごめんなさい。

こうやってあなたのことも、私のことも、過ぎ去ったこととして受け止めて、悲しんでいる私が不思議です。その頃の私には死という概念はきっとありませんでした。暗闇が朝日によってかき消され、またいつか暗闇に覆い尽くされることのように、生きることと死んでいくことはただ繰り返される感情としか思っていなかった気がします。

あなたが私に届けまいとしてくださったこと、本当に感謝しています。ごめんなさい。もうこれ以上の言葉が見つかりません。失礼ですがお話を変えることにします。

今日の午前中、毎週水曜日に行くことになっている病院へ行ってきました。西立川駅から電車に乗って三鷹駅で降り、歩いて十分ほどのところにある病院です。駅前の商店街を抜けて、しばらく歩くと木々が生い茂る一角が目に入ってきます。公園か神社があるのではないかと遠目には見えてしまうところに病院はあります。私を担当してくださっているのは富永先生という三十代後半の若い先生です。もう、一年近くお世話になっています。この水曜日を私はいつも心待ちにしています。先生がお話ししてくれることは興味深く、いつ聞いても飽きないからです。何よりも先生は私に対して何一つ隠し事をしません。私がどういう状況か教えてくれ、どんな病気の具合でどうやればよくなるのか、一緒になって考えてくれるのです。以前入院していた八王子の病院の先生はそうではありませんでした。薬のことも、飲めば眠れるから、飲めば気持ちが安らぐからとしか教えてくれないのです。薬を飲み続けていると、副作用で顔色がくすんでしまって、元気がなくなったようになることも教えてくれませんでした。でも富永先生は違います。この薬はこういう薬で、たくさん飲むと心臓に悪いとか、習慣になってしまうとか、副作用も隠すことなく、分かりやすく教えてくれるのです。だから処方される薬のことは大方知っています。いま飲んでいるのはルボックスという薬です。退院する少し前から先生が「よくなったから副作用のあまりない薬に替えるからね」と、それまで飲んでいた抗うつ剤の薬から替えてくれました。私たちの飲んでいる薬は、いろんな世代があって、それまでは四還系が一番新しい世代の薬でした。世代が上がるごとに、効き目はよくなるのですが、中には副作用が強く現れる薬もあって、患者それぞれで使い分けなくてはなりません。いままで飲んでいた四還系の薬はどの程度のものなのか分かりませんが、私は好きではありませんでした。本当に体調が悪いときに飲んでしまうと数時間頭痛が続いて、便秘がひどくなるからです。眠たいのに眠れなくなるから睡眠薬も一緒に飲まなくてはいけないのも嫌な理由の一つです。身体中が何か目に見えないものに蝕まれているような気持ちになってしまいます（二度も死んでしまおうとした私が言う言葉ではないですね。いまの言葉、なかったことにします）。

それに比べ、いまの薬には副作用はほとんどありません。ないというより、前のように感じないと言った方が合っているのだと思います。このルボックスという薬は五月に発売になったばかりの新しい薬です。ＳＳＲＩという薬で、アメリカやヨーロッパでは精神科以外に、内科や外科でも普通に処方されている薬なのだそうです。気分が落ち着かないときや、食欲がないとき、眠れないときなど、その原因が精神的なものからと思われるときに、普通の頭痛薬や胃薬のように処方されるのだと聞いたことがあります。ＳＳＲＩというのは略語で、〝選択的セロトニン再取り込み阻害剤〟というのだそうです。何度も聞き直してやっと覚えた難しい薬です。人間の脳の中ではセロトニンの吸収の具合がよくないと、気分が落ち込んだり、悩み過ぎたりするのだそうです。どうやらそのセロトニンの吸収を調節して気分をよくする薬なのだそうです。いまのところ、少しの気分の浮き沈みはありますが、なんとなく落ち着いていることを考えると、私には合っているのでしょう。顔色も少しずつよくなっているのだそうです。だから富永先生には感謝しています。でも、退院する日、そっと私に手渡してくれた薬があります。プラスチックにきっちりと包装されて規則正しく並んだ薬ではなく、ビニール袋に入れただけの小さな白い薬です。どんな薬で、どんな効果があるのか、この薬だけは聞いたことがありません。強い精神安定剤なのか、強い睡眠薬なのか、どちらかだとは思います。いままで、私がとめどなく溢れる感情を抑えられないとき、先生がそっと一粒だけ水と一緒に飲ませてくれた薬です。飲んでしまうと、急に身体中の火照りが治まって、冬眠でもするようにとても眠くなってしまう薬なのです。いまではもうその薬のことは聞こうとは思いません。とても怖い薬ということだけは確かなようですから。小さな頃、悪戯をして父に怒られたことがあるのと同じように、この薬を飲むと大きなものに怒られて、しゅんと反省する私に戻るだけなのだと考えています。そんな秘密の薬は富永先生の優しさのカタチなのだと思えてなりません。

人には合う人、合わない人がいます。富永先生は合う人なのでしょう。

初めての担当医面会の日、先生は手短に身の上話をしてくれました。先生は最初、工学部の電子情報工学科に進んだのですが、一年生のときに偶然見ていたテレビ番組で精神科医のことを詳しく知ってから、この世界に入ろうと思ったのだそうです。一年浪人をして、なんとかぎりぎり医学部に合格できたのだ、と恥ずかしそうな表情を浮かべて言いました。

私がいままでお世話になってきた先生方とはどこか違っていました。白衣も着ないし、診察室は玩具とか本とか、ごった返していて汚いし、いつも笑っているしと、最初は本当にへんてこな先生にお世話になることになったものだと思いました。でも、いまはとてもよかったと思っています。

先生と面会するときに一番楽しみにしているのは、毎週一冊、私に本を貸して頂けることです。入院日が決まって、細かい約束事をあれこれと相談しているとき、富永先生は目を輝かせるようにして唐突に「何か好きなことはある？　趣味とか特技とか、いろいろ」と私に聞きました。私は急に変なことを聞く先生だなと、戸惑いながらも、趣味と言えるものを探し始めました。学生時代に部屋に閉じこもってばかりいた頃、暇を持て余して家中の本を読み続けたことがありました。私はそんな淋しい自分の姿を思い浮かべながら「本を読むのが好きでした」と過去形で呟きました。すると先生は「じゃあ、君はまずそれから始めよう」と言って、机の上の何冊か積み重なっている本の中から一冊抜き取りました。パウロ・コエーリョの『アルケミスト』でした。富永先生は私の手を取って、本を掌に乗せると「来週の入院するときまでに読んできてください。そうしないと僕は続きを読むのが随分と先になってしまうから」と言って、何やらカルテの隅っこに文字を書いて囲いをしました。私は一度だけ読んだことのある本の内容を思い浮かべて「好きなんですか？

こういうの」と聞きました。こういうのという質問はいま思い起こせば失礼なのですが、先生がこんな童話のような本を読むことが不思議だったのです。もっと難しい医学全書とか、フロイトの精神分析学などを手にしている姿のイメージがあったからです。首をかしげて本のページをパラパラめくる私に向かって、先生は満面の笑みを浮かべて「実はだいぶん好きなんだ」と言いました。私と母と先生はしばらく顔を見合って笑い続けました。私は勉強が楽しかった頃を思い出して、なんだか素敵なことが始まりそうな予感に胸を躍らせたことを覚えています。

しばらく習慣がなくなっていたからなのか、始めの頃は読まなくてはいけないということが少し苦痛だったのに、いまでは毎日花壇の花に水をあげるような、心地よい習慣となっています。三鷹の病院へ移ってからのことですから、もうそれが一年以上も続いているでしょうか。先生は入院中から忘れることなく、一冊ずつ私に貸してくださいました。新しい本を貸して頂くときは、それと引き替えに十分ほど感想を言わされます。本当に言わされると言った方がいいのです。調子が悪くて読み切れないと「怠けたな、じゃあ来週までに必ず読んでくるように」と新しい本を残念そうに脇に抱えて少し怒ってくれます。それが私にはとても心地がいいのです。半年ほど前からは「最近は調子がいいようだから少し昔の本でも読むか」と言って、本当に古い本ばかりを貸してくれるようになりました。

先生の書斎の本棚に埃《ほこり》を被ってしまってあるものらしく、高校時代や大学時代にがむしゃらに読んだ本なのだそうです。今日はカミュの『異邦人』を借りてきました。先週はツルゲーネフ、その前はトルストイ、その前はカフカと一ページをめくるだけでめまいがしそうな本ばかりです。でもだんだんと慣れてきました。いまでは少しずつ何が書かれているのか理解できるようになってきたからです。先生も私の感想が少しずつよくなってきているると褒めてくれます。もしかして先生は私に感想を言わせて楽しんでいるだけなのかもしれません。でも、いまの私には一週間で読み切るという小さな目標ができました。読んでも読んでも次の本が渡される。単純なことだけれども、目標を見つけて何かをすることがこれだけ心地よいことだということを久し振りに実感している気がします。もう随分と昔に忘れてしまったことだけど、もう一度私にもできるんじゃないかと、小さな希望ができました。だから退院したんですけどね。

このことを敬子に話したら「暗い本ばっかりね、あなたに逆効果じゃないの」とからかうんです。「あなたの病気は考え過ぎることだから、小難しい本ばかり読んでたらいつになっても治らないんじゃない」とも言いました。そして決まって「その先生、本当に先生？」と私に疑いの目を向けるんです。でも、私がこうやってあなたにメールを打つことができるようになったのも先生のおかげだと思っています。ですから明日から早速読み始めることにします。

あなたからもよく言われたように、私は考え過ぎるところがあります。余計なことまで考えてしまい、その考えがどんどんどんどん大きく私を支配して、いつの間にか私を違った人間へと変えてしまいます。変わった私は醜く、意地の悪い人間です。そんな私を、微かに残るもともとの私が、お前は価値のない人間だと罵ります。そして、私の存在を消そう消そうとするのです。私は耐えられなくなって、薬を飲んでベッドに潜り込みます。暗い私だけの世界。誰からも干渉されず、誰からも笑われない世界。いつまでもいつまでもそこに居続けることができたらなんて幸せだろうかと思い始める頃に、ゆっくりと眠くなっていくのです。それがここ三年間の私です。その気持ちになる場所が家か病院のベッドの上かの違いだけだったのです。冷静に考えられるときには些細な出来事でも、私の病気が湧き上がってくると、もうどうしようもなくなってしまうのです。

私はそんな静寂に包まれた空間で毎日を過ごしながら、時間の感覚に戸惑っているのです。《時間の感覚》なんて偉そうなことを言うようですが、私は、私の体の中にある時計がすっかりと狂ってしまっていることを知っています。いまを考えると、いつもそこに昔が存在しています。これからを考えると、いつもそれまでが存在しています。現在の自分を考えることが、過去の自分を同時に振り返ってしまっているのです。私の身体には過去の出来事が細かく詰まっています。まるで日記を随分と小さい頃から付けていて、そのノートが心の中に溶け込んでしまっているかのようです。私たちの時間の感覚とは過去と現在と未来が、同じスペースで存在しているのが安定している状態なのだと、何かの本で読んだことがあります。どう考えても、私の時間の感覚のスペースは八割も過去によって支配されているのです。残りの二割が現在になったり未来になったりして、私は少ない希望に戸惑っているのです。いつのことでしたでしょうか。まだ入院している春先のことです。富永先生からお借りしたトーマス・マンの『魔の山』に三週間もてこずっていたことがありました。世界文学全集と書かれた辞書のような分厚い本で二冊もありました。それまで富永先生からお借りする本のほとんどを一週間で読み切っていたのに、その本だけはできそうにありませんでした。何度も何度も同じフレーズを読み直さなくてはならなかったのです。難しかったといえばそれまでですが、それまで読み終えてきた本の内容とは少しだけ異なっていたような感じがしたからです。いまになって冷静に考えると、それはなんだか私の一部だったような気がします。

先生に早く読んでくれないと次の本が楽しみに待っているんだからと、毎日回診の度に言われ続けたのに、結局三週間と少しかかってしまいました。『戦争と平和』も『罪と罰』も『赤と黒』も一週間で読み切ってきたのに、『魔の山』だけはなかなか先へと進まなかったのです。遠くの公園の桜の木が望める部屋の一室で、私はお日様に包まれながら分厚い本の下巻をやっと手にしたときのことを思い出します。そのときの動揺がいまでも忘れられないからです。私は一行目を何度もたどたどしく目で追ってから、勢いよく表紙を閉じて、公園の桜を見続けました。目を瞑《つぶ》って、そこに書かれていた言葉を一つずつ繰り返してみました。〈時間とは一個の秘密であり、実体がなく、全能だ〉と書かれてあったと記憶しています。

私の体の中に流れている時間が全能だなんて考えられないことでした。それまで何度も問いかけられてきた《時間の感覚》が、私の中にすっと入り込んで芽生えた瞬間でした。心地いいとは言えない感覚でした。私がただ無駄に費やしてきた時間は、私だけの秘密でした。実体も全くありませんでした。でも、それが全能だなんて。誰に訴えれば信じてくれるのでしょうか。私の時間は空っぽで、驚くほど軽くて、ふうっと息を吹きかければ遠い空の向こうへ運ばれてしまいそうな脆いものだと、私自身思い込んでいたほどですから。

申し訳ありません。せっかく退院したのに暗い話に逆戻りしそうになってしまいました。もう一つお話ししたいことがあるのでした。

今日、富永先生から半月遅れの退院祝いだと、プレゼントを頂きました。エリック・サティのCDです。先週、先生と話していて、ふと頭に浮かんだ曲の名前を知りたくて聞いたところ、フランスの音楽家でエリック・サティだと教えられました。二週間ほど前、母と一緒に行った喫茶店か立川のデパートで耳にして気になって仕方がなかったので、先週、あやふやなまま、こんな感じだとハミングで先生に聴かせてあげました。それまで、どこかで聴いてよく知っている曲なのに作者も曲名も知らないままだったのです。曲名は『あなたが欲しい』だったのです。先生もそのときは曲名までは分からなかったそうですが、サティの曲だということは知っていました。私に聴かせたくてその日のうちに何軒かのCDショップに行って見つけてきたのだそうです。きっと先生も私につられて、聴きたくて仕方がなくなったのだと思います。私も先ほどから繰り返し聴いています。富永先生から聞いたことなのですが、サティという人は大変に変わった人だったそうです。変わっているというのは偏屈者だったということです。同じ時期に活躍した親友であったドビュッシーという作曲家といつも比較されるそうですが、彼は自分の曲がドビュッシーに比べて売れないことをこう言ったそうです。

「曲というのは水を入れる壺のようなもの。ドビュッシーの曲はその壺の表面がきれいに装飾された壺だからよく売れる。自分の曲は表面はみすぼらしいから売れないが、中はきれいに磨かれていつもきれいな水に満たされている。壺というのは水を入れることが役割だから、表面の美しさなど関係ない。本当によさの分かる人は壺の中のきれいな水が分かる人だ」

と。面白い人です。でも曲を聴いているうちに、それがそれらしく聞こえてくるのは、多分、彼が本当に根の優しい人だからだったのでしょう。それにしてもなんて気持ちのいい曲なのでしょうか。あなたにも曲を口ずさみながら伝えたいです。私はいま、このメール上でどうやって伝えることができるか考えています。あなたもどこかできっと聴いたことがあるはずです。懐かしいオルゴールのような、頭の片隅にいつまでも留まっている曲なのです。でもどうやってもお伝えできないですね。あなたと私の間には、音が存在しない世界が大きく立ちふさがっていますから。もう一度、公園のベンチに座って曲当てクイズを出したいです。音楽に縁遠かったあなたに自慢げに問題を出して、困った顔が見てみたいです。あなたの知らない五年間の中で、私のレパートリーはいっぱい増えました。いまの得意分野はあなたでも少しは分かるかもしれないクラシックです。入院中、私はあれこれと考えを吹き飛ばすために様々な音楽を聴きました。私の好きだったユーミンを繰返し聴いて、日本の歌手や海外の歌手のCDも何十枚も買いました。最初の頃は歌声に惑わされて心地よい時間が過ごせたのに、しばらくすると長い間聴いているのが苦痛になってしまいました。気分の悪い時に聴くと、スピーカーを通して人の声を聞くことですら私にいつもの病気を思い出させてしまうようになったからです。そのことを先生に話したらクラシックを聴きなさいと勧められました。クラシックを当たり前のように聴くようになって随分と経ちます。富永先生もクラシックを聴くと心が落ち着くからいいですよと言ってくれます。「音楽の原点回帰も君にはいいかもな」と、クラシックを堅い音楽ではなく、趣味の一つであるかように勧めてくれました。入院中、交響曲とか、ハ短調とか、ホ長調とか、難しい文字ばかりが書いてあるCDを貸してもらって、病室でよく聴いたものです。先生もクラシックを聴くのが好きだそうです。先生が好きなのはバッハとかヘンデルとかいったバロック音楽で、宗教色が強いものだそうです。バッハって『G線上のアリア』とか作曲した人です。あなたもきっとご存知の作曲家ばかりですよね。

先生の場合はクラシックを聴く理由はもう一つあるのだそうです。私たち患者の治療にヒントがあるような気がするというのです。それが何であるのかいまは分からないけれど、いつか分かるときが来るかもしれないと思って聴き続けているのだそうです。悩み事や考え事をするときに聴いていたら癖になってしまったと笑って話していても、先生には先生の思いが込められているのだと思います。クラシックを治療に役立てる芸術療法と言われる方法もあるくらいですから、きっと何か特別な答えがあるのだと思います。

そんな先生から勧められてクラシックを聴くようになった私は変わっているのでしょうか。どうかこんな私を笑ってください。二十八にもなる女が一日中部屋にこもって難しい本を読んで、クラシックを聴いているなんてと。ショパンやリストやチャイコフスキーやモーツァルトを好んで聴く二十八の女なんて、音大の学生ならともかく、探してもそんなにいるものではありませんから。いまでは頭の中にふっとあるメロディーが流れ出すこともあります。本当に突然です。先生にはこのことは話していませんが、このことを話すと、八王子の病院の南病棟に入院されていたお友だちのことを思い出していきます。とても悲しい後ろ姿で、突然いなくなってしまったお友だちなので話すのはやめておきます。でも、その方はいまどこにいるのでしょうか。もう亡くなっているだろうと思う気持ちが九割で、まだどこかで元気にタクトを振っていらっしゃると思う気持ちが一割です。

ごめんなさい。気分がいいと思って書き始めたのに、また変な気分になってきました。誰かがもう死んでいるだろうと想像する私なんて、やっぱり変ですよね。それも病気で亡くなったのではないと、確信を持って思えるなんて。

やっぱりごめんなさい。いつも、ほんの少しのきっかけから、私の病気は始まっていきます。道端で石に躓《つまず》いたとか、横断歩道を渡ろうとしたときに、信号がちょうど赤になってしまったとか。ほんの小さなことで私の心は揺れ動かされてしまうのです。だから今日はこれまでにします。もう一度サティの曲を聴いて眠ることにします。

高野　優子

Subject: 外はいい雨です
Date: Sat, 3 Jul 1999 15:46:23
From: "Youtarou" 〈Youta@acc-nagoya.or.jp〉
To: "Takano Yuuko" 〈yuuko02@tachikawa.or.jp〉

今日はひどい雨です。ひどい雨だというのに私の心はなぜかしんと落ち着いています。それは今日が休みであるからなのかもしれません。一日中のんびりしながら、時折窓辺に立って外を眺めました。外の豪雨を見る度、私の顔は微笑んでいたのでしょう。雨の日はなぜこれほどまでに平和な気持ちにさせるのか。雨の日、私は必ずと言っていいほど、窓辺で空を見上げながら不思議な心の落ち着きについて考えます。すると、決まって少年野球で汗を流していた頃が思い浮かんできます。小学生時代、私には野球が全てという時期がありました。休日が野球であり、友人との会話が野球であり、褒められる唯一のことが野球であった時代です。私は自分を支配する野球に少しだけ反抗をしました。心の中で繰り返す私だけの雨乞いです。練習が嫌いというわけではなかったのですが、ときどき億劫になるのです。雨が降った休日の朝、私の心の中は、舞い降りてきた時間の贈り物に、様々な希望を抱いたものでした。見たいテレビを見ることが出来る。今日こそは作りかけのプラモデルを完成させよう。いや一日眠るのもいいかもしれない。私は胸の中に漠然と広がる時間の中を泳ぎ回ります。名簿順に回ってくる電話連絡を心待ちにしながら、長い間窓辺で同じように空を見上げます。中止の電話連絡を受けて、再び空を見上げたときの思いは青空を見上げたように清々しかったものです。私が何かに熱く思いを馳せた二十年も前のことです。あなたにもよく話した覚えがある、小さな私の姿です。雨の日とは昔のことを少しだけ余分に思い出させてくれる日なのかもしれません。

あなたのメールを読んですぐに、妻にサティの曲のことを知っているかと聞きました。彼女は高校のとき吹奏楽部に入っていたこともあり、音楽には少し詳しいのです。すると「あなた、サティも知らないの」と言われました。私は本当に音楽の世界を知らなさ過ぎるのかもしれません。「あの、ほら、コマーシャルで使われたり、サスペンスドラマでよく使われる曲よ」と説明を受けながらも、妻の口から曲名を聞き出すことは出来ませんでした。今度CDショップを覗いて、置いてあったら買ってくることにします。営業用の手帳に書いておきましたから、忘れることはないでしょう。

私は冷たい妻の言葉に焦りを感じながら、サティという私も知っているであろう曲を書いた作曲家の姿を思い浮かべました。あなたがふとしたきっかけで出会ったこの男性は、どんな曲を紡ぎ出すのか。私の妄想は膨らんでいきます。彼はピアノが一つだけある白く広い部屋の中で作曲に耽っています。髪の毛は長かったのか、短かったのか。痩せていたのか、太っていたのか。心を打ち明けられる恋人がいたのか、いなかったのか。様々なことを考え続けました。しかし、考えても考えても、ただ一人、取りつかれたようにピアノに向かい続ける青年が浮かんでくるだけなのです。もう何日もピアノに向かい続けていますす。外は雨です。時折、窓に雨が当たってピアノ以外の物音を響かせます。見知らぬ青年はあなたに何を伝えようとしているのでしょうか。彼ならば、もしかしたらあなたに今何が一番必要なのか判るのかもしれない。そうです。あなたには今何かが必要なのです。私は彼に成り代わって考え続けました。自分の意志を持つこと、自分を信じること。そう、多分あなたが自分自身を信じることなのです。あなたが退院してから、こうやってあなたと何回かメール交換をしながら、何か気の利いた言葉を贈りたいと思ってきました。あなたの気持ちを和ませ、早く病気が治るような優しい言葉を贈りたいと思ってきました。しかし、今日の私は違います。あえて厳しい言葉を投げかけます。顔の見えないあなたがどういう表情をするのか心配であるのは確かです。今の私はあなたが信頼している富永先生と同じ気持ちなのでしょう。どうかあの頃の快活であったあなたを思い起こしてください。

あなたの病気は誰もが持っている心の迷いを少し大きくした程度なのです。誰もが自分自身を見つめ、答えを探していかなくてはいけない迷いなのです。少しばかり人より高い壁があるのは、克服したときの喜びを何十倍にも感じることが出来るからなのです。

昨夜、私は家に帰ると居間でビールを飲みながら野球中継を見ました。得意先からの直帰で、八時に家にたどり着いて、スーツを着替えただけで倒れこむようにソファにもたれかかりました。久し振りに結果ではない試合でした。巨人対横浜のドームでの試合です。結果は九対三と巨人が三連敗した乱打戦の試合でした。ここで踏ん張れば首位の中日を追いかけることが出来るのに、と私は三ゲーム差という距離を頭の片隅に置きつつ、最後まで見逃さずに見続けました。あなたと東京ドームへ何度も応援に行ったことを思い出しながら、外野席での思い出を探し出すように見入ってしまいました。順平は私の周りをうろうろしてから、遊び相手になってくれないことを判ってか、カーペットの上で玩具で遊んでいました。試合が終わり、仕事の緊張感がほぐれた私はそろそろ遊び相手になってやろうかと順平を呼びました。ところが何度呼んでも順平は返事をしませんでした。私の腰あたりを枕にして眠ってしまっていたのです。試合の途中で妻が風呂に入れて、パジャマ姿で戻ってきて私に寄り添ってきていたことも知っていました。私は仕方なく、妻にビールを持ってきてもらって、クイズ番組を見始めました。しかし、野球のように集中出来ないからなのか、足先がしびれてきたからなのか、順平に意識が移っていくと、気になって仕方がなくなってきました。最近、順平は体重が増えたためか、ずっしりと重みを感じて、足先のしびれが我慢出来ないものになってきました。平和そうに眠り続ける順平の寝顔を覗き込んで、もう少しこのまま寝かせてやろうと思いながらも、起こさないように私の足を外さなくてはなりませんでした。私は順平の頭を支えながらゆっくりと足を動かして、頭の下から抜き取りました。順平の頭をカーペットにそっと置くと、再び妻と二人でテレビを見続けました。順平はカーペットの上に頭をつけたままでも眠り続けているようでした。するとしばらくして、順平は眠っているのか起きているのか判らない意識の中で、手を動かして私の足を探り始めました。なんとか私の足を探り当てると、もとのように脛を枕にして満足げに目を閉じました。半分起きているような順平をいじめるように、私は意地になって同じことを何回か繰り返しました。その度に順平は私の足を探し当てました。そのうち私も諦めたほどです。それを見ていた妻も楽しげに「やっぱり、そこじゃないとダメなのよ」と言って微笑みました。私は順平が同じ行為を嫌がるでもなく繰り返しているうちに、どこかで同じ光景を目にしたことを思い出しました。恥ずかしながら、私は順平を見守りながら、あなたのぬくもりを思い出そうとしていることに気が付いたのです。しばらくして、妻が順平の捲《まく》れ上がったパジャマをズボンに入れながら「よっぽど居心地がいいのね」と呟きました。私は妻の問いかけと、順平の寝顔がとても心地よい感覚なのだと気が付きました。それは重さを感じる私が、誰かに頼られている存在であるということを、深く受け止めたからです。まだまだ世界の小さな順平の中では私の存在がほとんどを占領し、それを当たり前に思っています。きっと誰かを頼るというのはこういうことなのでしょう。信じるということはこういう感情から生まれてくるのでしょう。私にとっても、小さな世界しか知らない存在を優しく受け入れてやることは、簡単そうでとても難しいことなのだと、今更ながらに思い知らされた気がします。今の、この感情があれば、私はあなたの世界をしっかりと受け止められたかもしれないと、後悔ばかりを積み重ねます。今思えば、父の余命のことも、全て打ち明ければあなたは受け入れてくれたのではないかと思っています。一方的過ぎた私の行動が、とても身勝手だったと反省しても反省し切れません。あなたの頼りない重みを、私は何故信じることが出来なかったのでしょうか。

信じられるということは誰かの重みを感じることなのかもしれません。信じるということは誰かに身体を預けられることなのかもしれません。私は妻の横顔を盗み見ながらいつものようにあなたのことを思い出していました。あなたはベッドの上で私の胸を枕代わりにしてよく眠りました。もう行こうかという私の問いかけに、小さく目を開けて時計を確認して、十分でも残り時間があると「もう少し」と呟いて目を閉じてしまいました。私たちの小さな幸せの時間でした。私は昨夜の順平からもたらされた思いが、あなたと二人で過ごしたときに気が付いていた思いだと確信しました。あなたの重みを感じることが、何百回も好きだと言われることよりも大切だったのです。私たちの遺伝子の中には、言葉にならないそんな感覚がまだまだ眠っているような気がしてなりません。

恥ずかしいことを書いてしまいました。確実にあなたに届くメールでしかこんなことは書けません。あの頃のことを話して何になるのかと、あなたはお思いになるかもしれません。妻がいる身で、過去の思い出を掘り起こして、私はどうしたいというのでしょうか。ただ、私は伝えたいのです。あなたは一人ではなかったことです。あなたはいつも一人きりだと感じているのではないでしょうか。それは違います。あなたを見守っている人は多いはずです。どうか、自分を信じてください。私にはその言葉しかあなたに伝えられません。

最後になりますが、あなたから頂いた二通のメール、本当に嬉しいのですが、少しだけ淋しいことがあります。件名の所にあなたの言葉を書いてくれないことです。些細なことにこだわる私の悪い癖だと聞き流して頂いても結構です。しかし、あなたに贈った言葉が「Re」という文字を従えて返ってくるのは淋しいものです。あなたが苦痛にならない程度に、あなたの言葉で返信メールの件名をつけて頂けると、私はなお嬉しいです。どうかお気を悪くしないでください。

私もモーツァルトのセレナーデを聴きたくなってきました。妻が妊娠していたときに母が送ってくれたCDがどこかにあるはずです。胎教にと思って、妻と一緒に何回か聴いた記憶がありますが、もう忘れられた手紙のようにどこかで眠っているのでしょう。モーツァルトの曲は人を優しくする魔力のようなものがあるのだと、聞いた覚えがあります。私もあなたのような優しさがあったのならば、モーツァルトの調べも、もう少し興味を持って受け入れることが出来るでしょうに。

どうか音楽のお話、またお聞かせください。では、おやすみなさい。

岩崎　洋太郎

Subject: ありがとうございます
Date: Sat, 3 Jul 1999 22:05:02
From: "Takano Yuuko" <yuuko02@tachikawa.or.jp>
To: "Youtarou" <Youta@acc-nagoya.or.jp>

件名をそのまま返していたこと、申し訳ありませんでした。でも、よく考えると、件名を書くのはメールを書くことよりも難しいんだと、いまになって初めて気が付きました。あなたに最初に触れる言葉が件名なのですから。私たちが化粧をするのと同じことです。なのにいつの間にか私はそのまま返してしまう癖がついてしまいました。以前送った敬子へのメールも、たくさん折り返しマークがついていることに気が付きました。敬子からのメールもそのままで返信されてくるのも多いから、当たり前に思ってしまっていて、気が付きませんでした。行ったり来たりする言葉が、いつか自分の送った言葉なんて、宙に浮いてしまった言葉のようで変ですね。自分の送った問いかけがそのまま返ってくるなんて、よくよく考えると淋しいことなのですね。恥ずかしいことです。しっかり化粧をしたつもりが、実は肝心な眉毛を片一方だけ描かなかったような恥ずかしさです。今度からしっかりと件名を考えてあなたにお返しすることにします。

つい先ほど、お風呂に入って自分の部屋に上がってきました。敬子にメールを送るためにパソコンを開けたら、あなたからのメールが届いていました。ほんの数時間前にあなたが送ってくれたメールです。敬子から届いたメールは一週間以上前だというのに、私は敬子に返信するよりも、あなたにこうやってメールを書いています。きっと、私たちはつい先ほどまで会っていたのです。あなたの小言も昔のままですから。私はあなたの口うるさい小言を口を尖らせて聞きながらも、家に帰って少しだけいつものように反省している最中なのです。あなたにもう少し気の利いた言葉を返せなかったのかって。

私たちは先ほどまで吉祥寺駅の周辺を何するともなく、歩き続けていたのです。吉祥寺駅から井の頭公園へ続く、賑わしい道を逆戻りしながら、私はあなたの背中を見逃さないようについていくのです。外国人の露店商の目線を気にしながら、私はアクセサリーやら、小物を見続ける。いつまでも見続けていたいのに、あなたは私の手をいつの間にか引いて、吉祥寺の商店街を少しはずれたところにあるいつものホテルに入っていく。私はいろんな匂いの混じり合ったベッドの上であなたに髪を撫でられながら、天井の鏡で自分を見つめている。あなたに先ほどまでベッドの上で両腕に包まれながら「そんなに考えるな」と小さく怒られていたのではないでしょうか。私の小さな胸もかわいいよと褒めてくれます。あの頃に戻りたい。いまの私は戻れない過去を思いながら、一日をベッドの上でただ一人、過ごすしかありません。誰も優しく抱いてくれる人もいません。

いままでに書いた私だけの日記に、私はどれだけあなたのことを書いたのでしょうか。私は先生に見せるための日記以外に、思いついたときに書いてきた、隠れたノートを作っています。先生に提出するノートにはとても書けない内容を残してきたノートです。反省して前向きに生きていこうと決心するためのものでした。ここしばらくはほとんど開くことがありませんでした。たった一冊だけの、それも半分ほどしか埋められていないノートです。私だけの小説です。あなたの出てくる、私の特別な小説なのです。私も心の奥底ではあなたにもう一度会いたいと思っている。でも会うことはできない。あなたが東京からいなくなってから、あなたのことを敬子から聞く度に、その思いはますます大きくなっていきました。それなのにあなたの手紙を開けることはしなかった。いまではもう開けて読む自信がありません。どうにかなってしまいそうな気がして怖くて怖くて仕方がないのです。毎日昔のことばかり反省しているのに、手紙にある過去は特別のものだと思っている自分が変ですね。私はその代わり、先ほどまでもう一冊のノートを読み返していたのです。あなたに話し切れなかった昔のこと、私のこと、家族のこと、とめどなく書き続けてきたのです。

こんなに時間が経ってしまっても、私にとってあなたの存在を身近に感じることができるのは幸せなことです。顔を見ることができなくても、言葉だけでも私には幸せなことなのです。でも、それは所詮過去のこと。私は確実に過去に向かって進んでいます。過去に大きな希望や夢が待ち構えているかのように、振り返り、思い出を掘り起こして、楽しんでいるだけなのかもしれません。私たちにとって過去とは何でしょうか。過ぎ去った事実だけなのでしょうか。私はメールであなたとやり取りをしていながら、あなただけはあの頃のままであって欲しいと思い続けています。メールを通しているからこそ、あの頃のあなたと会話ができるのだと思い込んでいます。お願いです。そうだと言ってください。あの頃のあなただと言ってください。祥子さんや順平ちゃんの話はもうやめてください。私たちの現在は七年前へとリセットされたのです。

あの日、私は明月院の参道で急にあなたのことが疎ましくなりました。そして、ついあじさいが嫌いだなんて口走ってしまいました。あなたがお気付きの通り、急に何もかもが信じられなくなったのです。あのあと、私は本当に口にしたのかもしれません。「信じられないから」と。そうです。確かに私は立ち止まって人込みの中で、あなたに聞こえるか聞こえないかの声で「信じられないから」と呟いたのです。私は何を信じないというのでしょうか。あなただったのか、自分自身だったのか、いまではもう思い出すこともできません。ただ、私に幼い頃から宿っている病的なまでの猜疑心がふとした瞬間蘇ったのです。昔から私はそうでした。教室で仲良く話している友だちが急に割り込んできた友だちの方を向いて話題を変えて話し出すのを見ると、私はその友だちが急に疎ましくなります。何かにつけて信じられなくなってしまうのです。するとその友だちとはしばらくの間、言葉を交わすことが苦痛に感じてくるのです。その気持ちは長いときで一週間も続き、その間は何も手につきません。私は嫌われているのではないだろうか、どこかで陰口をたたかれているのではないだろうか、本当は誰にも信頼されていないのではないだろうかと、冷静なときに考えれば行き過ぎとも言うべき考えをしてしまうのです。私が私でなくなってしまう瞬間です。なぜ私のことを誰も分かってくれないのか。なぜみんな勝手なことばかりしているのだろうか。なぜ……、と私の心は全てが疑問で始まるようになってしまいます。それが私の病気なのです。少しずつ自覚できるようになった、私自身なのです。

信じられるということは誰かの重みを感じることなのかもしれないと、あなたがメールの中に書いてくださった一言。本当にそうなのかもしれないと思い起こしています。それは誰かの存在の重み。お父さんやお母さん。お祖父ちゃんやお祖母ちゃん。友だちや先生。私にはそういう誰かの大きな存在が必要なのかもしれません。激しく、ときには優しく怒ってくれる人が必要なのかもしれません。あなたはそんな人でした。二年間、私にとってはそんな安らげる人との時間だったのです。

せっかく退院して一か月経ったというのに、これではまた逆戻りしそうですね。どうか私に話しかけてください。私が私であり続けるために、いつまでもいつまでも話しかけてください。

先ほどまでサティの曲を繰り返し聴いていたのですが、なぜか激しく心を揺さぶる曲が恋しくなってきました。ベートーベンの『運命』でも久し振りに聴こうかと思います。有名過ぎる第一楽章を包み込むように、私の好きな静かな第二楽章へ移り変わっていき、激しく込み上げた私の感情を静めてくれる優しい曲です。それを何度も何度も聴いてから、今夜はもう眠ります。おやすみなさい。

高野　優子

Subject:昔を思い出していました
Date:Sun, 4 Jul 1999 15:46:23
From:"Youtarou" 〈Youta@acc-nagoya.or.jp〉
To:"Takano Yuuko" 〈yuuko02@tachikawa.or.jp〉

昨日の雨が嘘のように晴れ上がっています。天気予報では週末は雨続きだと言っていたのに、昨夜遅くに上がった雨は再び降ることもなく、朝靄が朝日をしっとりと優しく包み込んでいます。晴れ間を見るのも悪くないものです。雨降りには雨降りの、天気のいい日にはそれなりの思い出がついてくるのでしょうか。昨日、雨空を見上げながらあれこれと考えてパソコンに向かっていたのが、ずっと前のことのようです。

私たちはやっと五年前に戻ることが出来ました。ありがとうございます。あの日の言葉をあなたからやっと聞くことが出来たからです。それもメールという手段によって。苦しかったですね。あなたも、私も。あなたと私は細い細い線によって確実に繋がれています。どうか誤解しないでください。私はあなたに無理やり言わせようとした訳ではありません。ただ、私が考えついたあなたの言葉が正しいのか、そうでないのか、どうしても確かめたかったのです。あなたの顔を見ながらでしたら、きっと日常会話をするように自然に聞けたことでしょう。しかし、今はそれすら出来ません。私の心の中であなたを動揺させたくないという、行き過ぎた抑制が働いてしまうのです。どうか気を悪くなさらないでください。

私たちは本当によく吉祥寺から井の頭公園へ向かって何をするでもなく歩きました。恋人たちがボートに乗ると必ず別れるという噂を信じ、あなたは頑として乗ろうとしませんでした。池の中央に祭ってある弁天様は縁結びの神様だからだと、公園へ行く度に賽銭を投げたものです。私たちはそこらにいる恋人たちと同じでした。それが幸せだったのです。考えることを必要以上にせず、あなたのことをただ見つめることが幸せだと思っていた時間。多くの人がそうであるように、私たちは不思議な病気に冒されていたのでしょう。あなたとの二年間のことを思い出しながら、それがそれほど遠い世界に起こった出来事ではないと再確認しました。

　私があの恥ずかしい強引なデートに誘ってから三週間ほどして、私たちは上野公園で待ち合わせをしました。あなたもよく覚えていることと思います。蒸し暑い日でした。七月最後の日曜日だったでしょうか。国立科学博物館で恐竜の展示を見て、そこの食堂で昼食を取りました。私がチキンライスを食べて口の周りを赤くしていると、あなたが「吸血鬼」と言ってからかったあの暑い日のことです。陽が傾き始めた頃、私たちは歩き疲れて公園内のベンチに座って目の前の噴水を眺めました。その噴水がおよそ五分ごとの周期で噴き出す水の形が変わることを突き止めたのですから、かなり長い間座っていたのでしょう。あなたは私の隣で通り過ぎる人の顔ばかりを見つめていました。ヘッドフォンをつけて音楽を聴きながら自転車で通り過ぎていく東欧系の外国人や、どこかの祭りでもらった風船を手に持った子供たち。あなたは誰かが通る度に、それが初めて見る異国人のように見つめ続けました。私があなたの心の中に容易ならざる一部分を初めて感じた日でもありました。その後、あなたはそれを私に知られないように努力し、私の前では優しい一人の女性として振る舞いました。

　雲行きがあやしくなり始めた頃、私たちは不忍池《しのばずのいけ》に向かって歩き出しました。時折、冷たく頬に当たる雨が心地よかったことを覚えています。池一面に蓮が群生しており、ピンクと白の大きな花が所々に咲いていました。私たちは不思議な空間に誘われていったのです。極楽か、もっと違ったどこかの国。人々が私たちの横を通り過ぎなければ、そこが猥雑な東京の一角だと忘れていたのかもしれません。道の両脇には露店が立ち並んでいました。焼きトウモロコシや、たこ焼きやフレンチドッグ、全ての食べ物の匂いが合わさったらこんな甘い匂いになるんだと気が付かされるような匂いが立ちこめていました。私たちはそんな露店の様々な匂いに誘われるように奥へ奥へと進んでいったのです。

そこは池の真ん中にある島のようなところで、弁財天が祭られていました。社の前にたどり着いたところで、その日が夏祭りであることを知りました。二時間ごとに行われる和太鼓の演舞の見せ物があることも、小さな広場に立てかけられた掲示板によって知りました。時計を見るとあと三十分も時間がありました。私たちは演舞を見るために辺りを歩き続けて時間を潰しました。

ようやく時間がきて、法被姿の人々が準備を始めた頃、何かを吹き飛ばすように急に雨が勢いを増してきました。一瞬にして暗く曇った世界へと豹変していきました。本当に不思議な空間でした。私は雨宿りしている社の軒下で、遠くを見つめ続けるあなたの横顔を見続けました。視線の先にあるものが、慌てて太鼓を片付ける人々か、火事場のように露店を片付ける人々だったのか、私には判りませんでした。時折、何かを思い出したように私に問いかけるあなたの仕草は、不自然でもあり、自然でもあり、戸惑いを感じたのです。その後、私はあなたの目線の先にあるものが何なのか、疑問に思い続けました。二年間の間ずっとです。いや、今でも考えることがあります。澄んだ瞳で何を見つめていたのでしょうか。ふっと我に返ったあとのあなたの微笑みはどこからやってくるのでしょうか。今でも私には判りません。

しかし、ひとつだけ確かなことを私は発見しました。私の問いかけに、急いで私の方に顔を向けても、少しだけ目線が遅れてついてくるあなたの癖は、あなたが様々なものに平等に優しさを与え続けている、小さな証拠のような気がしたことです。それだけは間違いのないことと今でも思い続けています。

夕立が止んでも私たちはしばらくの間そこに留まっていました。なんとしても太鼓の演舞を見たいと二人で口をそろえたほどですから。長い時間でした。辺りは靄がかかった山奥のようにしんと静まりかえっていました。私は演舞を見たいと思う反面、いつまでもその状態が続いて欲しいと願いました。演舞が始まってしまうと、あなたとの距離が保たれなくなるのではないかと思ったのです。しかしそれは違いました。その後のことを思い出す度、私たちはあの瞬間を境に、何かに疑問を抱えながらも距離を縮めていったのです。

辺りが明るさを取り戻してざわめき始めた頃、どこかの軒先で雨を凌いでいた法被姿の女性たちが中央の広場へ出てきて、太鼓の準備を始めました。先ほど準備を始めていたのは女性ばかりだったのです。目の前で行われる演舞は女性だけの組だったことを知りました。ますます興味を持った私たちは次第に集まり始めた人の輪の中に紛れていきました。演舞は始まりました。荒々しい息づかいとともに、何かがもの凄い力で動き出したのです。激しい太鼓の地響きを私は今でも覚えています。心臓に突き刺さってもなお響いてくる振動。今までに味わったことがない程に荒々しく、それでいてどこか懐かしい響きでした。花火のような予想出来る振動ではなく、といって西洋の聞き慣れた管楽器や弦楽器のような整った震えでもない。私はあの光景を思い出す度に、その高鳴りが何であったのか、言葉で言い表そうとしてきました。あれは多分、人間の筋肉の躍動だったのです。腕の筋肉が波のようにうねり、汗がとめどなく身体中を伝う。入れ替わり立ち替わり演舞者たちが太鼓を流しながら叩いていく荒々しさ。私の心の奥底に潜んでいた熱いものが湧き上がってくるような感覚でした。それが太鼓という楽器の魅力なのでしょう。私は興奮して無意識のうちにあなたの二の腕を摑んで前へと躍り出ました。そうです、私はあなたの二の腕を強く摑むと、私の方へ引き寄せたのです。あなたの唇以外の柔らかい肌に初めて意識して触れた瞬間でした。私は気まずくなりました。あなたに承諾を得ずして私はあなたの肌に易々《やすやす》と触れたのです。私はあなたの目線を気にしました。そして「もっと前の方が見えるから」としどろもどろになりながら、あなたの背中を押して前に立たせたのです。心地よい空間でした。私はしばらくの間、演舞をではなく、あなたの横顔を見続けました。不思議なことにあなたを見ている瞬間、私の身体には太鼓の振動は伝わってきませんでした。不気味に静まり返った空間へと誘われたのです。それは、これから訪れるあなたとの関係が、あなたの腕に触れたことによって、私たちの行方に一つの方向を生み出してしまったような、予感というものだったのでしょう。私はなおもあなたのことを考え続けました。考えれば考えるほど、複雑に入り組んだあなたとの距離が見えなくなっていったのです。しばらくして、あなたは振り向いて「凄いね」と一言呟きました。優しい言葉でした。瞬間、私の身体に振動が再び入り込んできました。私は我に返りました。身体中から忘れたように冷たい汗が出てきました。そして、角膜も、鼓膜も、肌も、私の身体の部分は、全ての存在を忘れさせるかのように、全身で太鼓の振動を受け入れていきました。

十五分ほどの太鼓演舞が終わって、提灯に火が入り始めた頃、私たちは祭りの会場をあとにしました。途中、柳の木の下で何度も池の中の様子を覗きながら、私はその度にあなたを引き寄せてキスをしました。人目など問題ではありませんでした。のどかな蓮の花も、池の錦鯉も関係ありませんでした。身体中に残る太鼓の余韻がそうさせたのか、震え続ける全身を何か得体の知れないものが熱く通り過ぎていき、私の身体を支配し始めたのです。

手を離してしまうと、どこか私の手の届かないところへ行ってしまいそうなあなたを強く握り締めていたかったのです。

そして、上野駅の「不忍口」へ続く通り沿いのホテルに、無抵抗なあなたの手を引いて入っていったのです。いつまでも身体から消えることのない太鼓の振動は、あなたの硬直する身体を優しく包むことが出来ませんでした。それがあなたが本当に望んでいない行為であることを感じながらも、私はあなたに出来る限り優しく接することによってその行為を正当化しようとしました。それからの二年間、何度もあなたを抱く度、あなたに試されているのではないかという気持ちになったことを覚えています。あなたの化粧気のない頬と首筋がほんのり赤く染まると、私は一時自己嫌悪に陥りました。あなたと私の距離で永遠に埋めることが出来ないものを感じた瞬間でした。私は二年間の出来事を思い出す度、あなたの存在を疑います。今、私に妻がいて、子どもがいることが現実であり、東京であなたという女性に出会ったことは夢の中での出来事でしかないのかもしれない。十三通もの手紙も誰に出したのか、それすら疑問です。あなたは幻影なのでしょうか。演舞の最中、あなたはどこか違った世界を見つめていた。それは私などが到底たどり着くことが出来ない神聖な場所なのです。それでも私は心の中にいる高野優子という一人の女性を追いかけ続けます。この五年間のすれ違った悲しみを噛みしめるほど、あなたの存在を永遠に追い求めようとするでしょう。少しずつ解かれ始めた私たちの過去には何が待っているのでしょうか。あなたが言うように夢とか希望とか、そんな大きなものが待っているのかもしれません。それは私たちが未来へ見る夢や希望と同じものです。私たちの現在とは、過去と未来が繋がった真っ直ぐの直線上にただ存在するだけなのです。私があなたから受け取った幸せは、きっとこれから未来へと結ばれていくのでしょう。

申し訳ありません。なんて一方的に感情を書き綴ったものでしょうか。この胸の高鳴りのなかでは、あなたに伝えるための気の利いた言葉が浮かんできません。あなたと長い時間を経て繋がったという事実に呼応して、過去の思い出を少しずつ解いていくことしか、あなたとの時間を共有出来ないのかもしれません。それ以外はごく普通の社会生活を営んでいる三十の男なのです。いつもの時間に会社に行って、仕事をして、帰って、眠る。その間に、祥子や順平がいて、人並みの生活を営むだけの単調な生活が待っています。中小企業診断士への夢は厳しく、私の中で憧れだけがうなり声をあげ始めていることもしっかりと聞き取っています。誰もが横を通り過ぎていく厳しい現実と向き合って、精一杯生活していることをあなたに伝えなくてはなりません。

本当に申し訳ありません。今日は疲れているようです。愚痴っぽくなるのは、あなたもご存知の通り本当に気分が疲れているのです。風呂に入ってよく寝ることにします。今は大きな仕事があり、毎日が忙しくてなりません。忙しいのは幸せなことです。しかし、今度取りかかっている仕事は少しばかり大き過ぎるのです。その話はまた改めてすることにします。

それではおやすみなさい。

岩崎　洋太郎

Subject:私も昔を思い出していました
Date:Tue, 6 Jul 1999 23:28:54
From:"Takano Yuuko" <yuuko02@tachikawa.or.jp>
To:"Youtarou" <Youta@acc-nagoya.or.jp>

懐かしいお話です。

私はあの日、初めて抱かれました。もう私には始まっていた一つの事実だったのです。あなたはいつも私を優しく、ときには強く抱きしめてくれました。あなたの胸の温かみを思い出す度、涙が出てきます。もう寄り添うことができなくなって、いつの頃からか恥ずかしくて甘えることができなくなった父の胸の中のような、安らげる場所でした。だから後悔はしていません。私のあなたとの二年間の思い出は、いつでも、いつまでも、きっときれいに、優しく私の心の中に留まり続けるのです。それはお祖母ちゃんに膝枕をしてもらうように、私の中に一つの神聖な行為として留まるのです。

お祖母ちゃんは私の頭を膝の上に置いていつも話してくれました。「優ちゃんは優しい子やね。本当に優しい子やね」と。そして決まって「優ちゃんの優子っていう名前はお祖父ちゃんとお祖母ちゃんで決めたの。優しい子になるようにって。だから優ちゃんが本当に優しい子になってくれてお祖母ちゃんは嬉しいの」と、私の頭を撫でながら何度も話してくれました。でも、私は優しくなんてない。優しいとは他人の気持ちを分かってあげられる人のこと。だから私は優しくないのです。自分勝手でわがままでどうしようもないのです。いまになって、私が優子という名前であることが、何かの罰を受けていることなのかもしれないと思っています。それは人を思いやることができない悪い人として。お祖母ちゃんには感謝しています。感謝しながらも、私はそのお祖母ちゃんを亡くしたときから少しずつ、道を踏み外していったことを再確認するのです。

お祖母ちゃんの話をすると、私は後悔ばかりが繰り返されて、心の底から泣いてしまいます。どうして私を残して死んでしまったのか。どうして、私の問いかけに答えないまま死んでしまったのか。それを考えると、私はいつも自分が嫌になってしまうのです。

先ほどまでかかってカミュの『異邦人』を読みました。ここ数日間、少しずつ少しずつ読んできたのですが、やっと読み終えました。読み終えた瞬間、急にサティの曲が聴きたくなったのはなぜでしょうか。モーツァルトやショパンではなく、どうしてサティなのでしょう。CDの中に入っていた同じ曲ばかりを聴いています。『三つのジムノペティ』です。悲しい曲です。悲しいけれども、どこかに懐かしさや温かさがあるのです。私は何度も聴きながら、カミュが伝えたかったこととは何だろうかと考え続けました。〈人は多かれ少なかれ過ちを犯すものだ〉という彼の言葉に、不思議な世界に導かれたような気がしました。私はいま、過ちを犯している。両親や先生や多くの人に迷惑ばかりをかけ、自分自身を見失っている。私の過ちはいつか許されるのでしょうか。許されるということはどういうことなのでしょうか。あなたは私のことを許してくれるのでしょうか。

明後日、一週間振りに先生に会いに行きます。感想はまだ頭の中でまとまっていません。まとまっていないというのは嘘です。まとまっているのに、私は頑なにそのことを口にしないのです。話せばきっと気が安らぐのに、私はあえて話さない。心のどこかで自分を抑える力が働いているのです。だから卑怯な女なのです。

私は精神科病棟に入るのは絶対に嫌でした。立川の外科病棟に二か月ほど入院していた頃、私のもとへ精神科の先生が何度となくやってきました。特に診察する様子でもなく、私の顔を見て二、三質問をして帰っていきました。気分はどうですかとか、よく眠れますかとか、夢はよく見ますか、など特に意識しなくても答えられる質問ばかりです。私はその先生が精神科の先生だとはすぐには気が付きませんでした。でも、その先生が来ると母がいつもと違うことに気が付いて、とうとう知ったのです。外科の先生が病室から帰るとき、母は病室内で見送るのに、その先生が帰るときは何か聞きたそうな顔を見せて、廊下まで追いかけていくのです。

母がいないとき、私は隣のベッドにいる女性に声をかけました。それまで、いい天気ですねとか、どこに住んでいるのかなど、語りかけられれば一通りの会話は交わしていたのですが、初めて私から話しかけたのです。四十過ぎの女性で、交通事故で両足を骨折して三か月も入院をしている人でした。毎日朝一番で、油で汚れた作業服を着た旦那さんが五分ほど顔を出す以外、見舞いの人もほとんどいませんでした。気の強い、入院しているのが似合わない女性でした。その女性が同じ病院内の精神科の先生だと教えてくれたのです。「ときどき、若い子が入院していると見回りに来るのよ」とベッドの間にかけられているカーテンを片手で手繰り寄せながら話してくれました。そして、彼女は私に「どうしたの？」と聞いてきました。私は「どうしたのって？」と意地悪く質問の内容を確認するように聞き返しました。女性は「どうって、入院している理由よ」と遠慮もなく聞いてきました。私はしびれ続ける左腕を持ち上げて「やっちゃいました」と返しました。すると「なんだ、そうなの。どうりで精神科の先生が来るわけね」と言ったあと、気まずそうに続けました。「でも、若いうちは悩むことがいっぱいあるのが普通だから、いまのうちにいっぱい悩んでおきなさい。年を取ると悩むことを忘れてしまうから」と話したあと、天井を見上げて一回か二回ため息をつきました。それから二週間ほどして彼女は松葉杖をついて退院していきました。無言で荷物の整理をしている旦那さんの横で、彼女は最後に「いっぱい悩みなさい。逃げないで、いっぱい悩みなさい」と言ってくれました。いま思うと、その何気ない言葉がとても重みを増しています。彼女の生い立ちも、家族も、子どものことも、事故の理由も状況も知らないのに、私は精一杯生きている人の姿を見たような気がしたからです。小柄で折れてしまいそうな旦那さんに支えられて、入り口のドアを抜けていくときの彼女の背中が、男の人のように大きかったのを覚えています。

私の病室にはそれから二人ほど入ってきては出ていきましたが、挨拶以外でお話をしたのはその女性とだけだったと記憶しています。

しばらくして、私は母に「どうして精神科の先生が来ているのか」と質問をしました。母は暗い顔をして私に淡々と話し続けました。私を精神科病棟に入院させようか迷っていたのだそうです。もちろん、私の承諾のないままにです。私はその話を聞いて猛反対しました。確かに私は自殺未遂をしてしまった。でも自分が病院に入院するほど変だとは思っていなかったからです。それ以来、その先生が来ると私は黙り続けました。この先生は私を試している。私を遠巻きに見ながら、私をどこかへ連れていこうとしている。私の妄想はどんどん膨らみました。その先生が来る度に、すっと私は窓の外の銀杏の木を見上げます。何日も何日も駄々を捏ねる子どものように、私は同じことを繰り返しました。すると、ある日以来、プッツリとその先生は来なくなりました。でも母は熱心でした。通院でいいから先生に診てもらうようにと言って、ある診療所の四つ折りのパンフレットを私に渡しました。立川市内にあるメンタルクリニックの案内でした。最初は見る気もなかったのですが、母から「あなたは病気なの」と言われ続けるうちに、もしかしたらそうかもしれないと思い始めたのです。それから私は考えました。自分のことをしっかりさせたかったのもありますし、クリニックや病院へ通えば気持ちが楽になる薬を処方してもらえると聞いて、私は仕方なく通い始めたのです。一か月ほど通ったでしょうか。二十四歳の六月から二か月入院して、その後の一か月間でした。私はそこで初めて自分が病気であることを知らされました。気付かされたと言った方がいいのでしょう。クリニックの先生は近藤先生という四十半ばの先生でした。病気の説明から始まり、薬の説明まで、私が心の病気を持った患者であることを少しずつ、遠回しに説明してくれました。私が八王子の病院に入院することが決まる少し前、近藤先生は私に「まずは自分が病気であることから逃げないこと。必ず治る病気だから諦めずに自分を信じるように心掛けること」と言いました。先生は入院する日取りが決まった日、オレンジ色の小さなお守りをくれました。今でも机の中にしまってある、もう色褪せてしまった健康祈願のお守りです。

近藤先生の声はいまでも耳の奥で響いています。「ほら、目を瞑《つむ》ってごらんなさい。いま何が見えてきましたか？　いま何が食べたいですか？　いま誰に一番会いたいですか？」と、先生のおっとりした言葉遣いが、ドキュメント番組のナレーションのように流れていきます。でも、私は「何も浮かんでこないんです」と繰り返して、何度も目を強く瞑ったり開いたりしているだけでした。

それから九月の二十五歳の誕生日を挟む約半年間、私は入院することになったのです。入院当初、私は特別なことを始めたような心持ちになって、なかなか眠りにつけませんでした。薬を飲んで眠れても、どこかで本当の私は起き続けているのではないかという感覚でした。そのためなのか、一日中頭がぼんやりしてしまって、私が私でない毎日を過ごしていたのです。病室に注ぎ込む月の光が強くて、満月だったりすると違う世界へ来てしまったのではないか、大雨でとても外を散歩できない状態になっていると、どこかの島の隔離病棟へ来てしまったのではないか、と思われて仕方がありませんでした。

納得して入院してきたにもかかわらず、どこかで私だけが正常であろうと、入院している自分を拒絶していたのだと思います。正常というのは私にはまだまだ感情を抑えられる力が残っているということを確認することでした。結局それからの私のことを考えると、正常なときと正常でないときの思いがとんでもなくかけ離れていたのでした。私たちの治療の第一歩は、そんな感情の起伏を平らにならすことから始まっていきました。気の遠くなるほど単調な日常の繰り返しが始まりました。朝七時に起きて、身の回りの整理をしてから歯を磨き、八時に食堂で朝食を食べます。食事当番が決まっていて、その当番に当たると七時半にみんなの食器を用意したり、食事を運ぶために食堂に行かなくてはいけないという程度の違いでした。午前中に二つ、午後から二つカリキュラムを選択できることになっていて、選択したいものだけ時間割を組むのでした。それを先生に提出して、空いた時間に診察のスケジュールを組んでいきます。夜は消灯が十時、それからはいくら眠れなくても出歩くことは禁止となっていました。学生時代の合宿のスケジュールのように、何から何まで決まりごとがついてきました。

その中で、私たちは一週間に二回、グループ討論をすることになっていました。私の場合は水曜日と金曜日でした。総合学習室の机を全て取り除いて、椅子だけ丸く並べて討論は始まっていきました。他にもカリキュラムは沢山ありました。病院の中庭にある畑で野菜を育てるものや、手話の勉強をするものや、体育館で球技やダンスをするものまで、本当に小学校に戻ってしまったのではないかという毎日でした。その中でグループ討論だけは違っていました。ＡからＥのカリキュラムの選択表がある中で、Ａを手にした人は全員が選択しなければならないのに、気分がのらないときはいつでも休んでいいというものでした。多いときで二十人、少ないときでも六、七人でただ話し合う場所です。テーマは決まっていません。患者が自分のことについてただ話し合うのです。始まりの時間は決まっていても、終わりの時間は決まっていませんでした。誰かが突然泣き出したり、沈黙が十五分以上も続くと、カウンセリングの先生が立ち上がって、今日はこれまでにしましょうと言って、終わりになります。ときには息苦しい会話になったり、ときには楽しい趣味の話になったり、そのときどきで話題は作り出されていきます。多くの患者は最初は黙り続けるのですが、雰囲気に慣れてくると、いろんなことを話し出して、自分の悩みが自分だけのものではないことを確認していきます。自分の過去を隠さず、脚色せず話し出すことができれば、あとは時間が解決してくれる状態になります。でも、私は半年かけても自分を出すことはできませんでした。皆が心の内を全て吐き出すのに、私だけがどこかでセーブしているのです。あなたのことや、私の犯した過ちについて私は話さなければいけないのに、私は口を閉じ続けたのです。

きっとご存知だと思いますが、私はあなたがいなくなってから二年ほどして会社を辞めました。外科病棟に入院して一週間ほどした頃、母が私の横で「会社、辞めようか？」と聞きました。私はただ頷きました。そして、数日して「もう行かなくてもいいのよ」と母から退社の手続きが終わったことを伝えられました。私はそこに存在していませんでした。自分の意志では何も決めることができない世界を知ったのです。その後、入退院を繰り返し、アルバイトを転々とする間、私はあなたのことを忘れようと何人もの人に抱かれました。たまたまアルバイトで一緒になった男性や、気晴らしに飲みに行ったどこかのバーで隣り合った男性であったりしました。今度こそ、本当に私のことを大切にしてくれる人だと、出会ったばかりの人に妄想に近い思いを抱いていったのです。結果は、いつもそうではありませんでした。でも、抱かれている最中、確かに私は誰かの存在を強く感じました。誰かというのは、そこに私が生きているということを感じさせてくれる誰かのことです。恥ずかしいことを話すようですが、私は後悔することは分かっていても、そのときはどうしようもなく誰かの息づかいや、温かさをたまらなく感じていたかったのです。時折冷静になり過ぎると、私は天井に向かって「ごめんね」と呟いていたことを覚えています。誰に向かって「ごめんね」と言い続けていたのかは、いまでも分かりません。その人だったのか、あなただったのか、お祖母ちゃんだったのか、神様だったのか、本当に無意識に口にしていた言葉でした。あなたの知っている私は、もうそこには存在していなかったのです。後ろめたさが私を支配していき、覆ってしまうと私は感情のない人間へと生まれ変わってしまうようでした。私はますます傷ついていき、それを覆い隠してくれる人を賑やかな街の中で捜し続けたのです。人はそんなに多くの人から愛されるべきでないことを、随分と経ってから知りました。

私は一時期、とてもあなたにお話できない女へと変わってしまいました。私は自己憐憫に浸りながら、自分の意志では決められない罪が存在することを知ったのです。それは、キリスト教とか仏教とか、大きな宗教の枠ではとらえることができない倫理観とでも言うべき、価値観なのでしょう。私が父と母によってもたらされ、父と母はお祖父ちゃんとお祖母ちゃんからもたらされたという、間違いのない摂理を疑うような罪だったと思います。でも、私はそれを知りながら過ちを犯し続けた。それが唯一自分を忘れさせてくれる行為であると信じ、それしか一度死のうとしてしまった女に、生きていることを感じさせてくれる方法がないと思い続けたのです。いまになって考えると、私は罪を感じることによって、自分の心の中に、罪を悔やむ心が微かに残されていることを実感しようとしたのです。自分をいじめて、後悔することによって、私がまだまだ汚れていない存在であり続けようとしたのです。軽い女だとお笑いください。でも、私には、そのとき誰かの存在を探すことしか自分自身の存在を忘れる方法がないと思っていたのです。あなたの責任です。あなたが私を離さないようにしっかり握りしめてくれていれば、私はそんなことはしなかったのです。結局、私は積み重ねてきた過ちをますます積み重ねてしまう結果になってしまったのです。あなたから受けた優しさを繰り返してきた私を笑ってください。どうか、こんな恥ずかしいことを繰り返してきた私を誰かに求めること自体が誤りでした。敬子にも決して言えません。富永先生にだって話せません。私の許されない罪なのです。どうかそんな私を笑ってください。かわいそうな女だと笑ってください。

今日はもうこれまでにします。これ以上書いたらどうかなってしまいそうです。

本当のことを言いますと、近頃、薬がないとまた眠ることができなくなってきました。退院して一か月が過ぎて、先生の言いつけは守っているつもりなのに、お昼と夜の私が全く別人のような気がするのです。どちらがどうということはありませんが、自分が波に乗っているかのように浮いたり沈んだりしているのがよく分かります。まだよくなっていないのでしょうか。それともこの生活に慣れていないだけなのでしょうか。アルバイトでも始めて気を紛らわせる方法もあるのですが、まだまだそんな自信はありません。誰かに会って、小さなことで自分が傷つきたくないのです。情けないですよね。なんだか涙が出てきました。悲しいのでも、淋しいのでも、嬉しいのでもない涙です。本当に変ですね。ちょっと待っていてください。顔でも洗ってきます。

いま一階に下りていって母から薬をもらってきました。母はお米を研いでいました。私の泣いた顔を見て、何度も髪を撫でてくれました。お米の匂いのする、冷たい手で私をしっかり包み込んでくれました。そして、いつもの場所から薬を取ってきてくれました。そして階段を上がる私に「明日の朝はコロッケとポテトサラダにするからね」と言ってくれました。この薬を飲んだら眠ることができます。深い深い眠りにつくことができます。私の頭が唯一休むことができるのが眠ることなのです。明日の朝はきっと夢のことなど覚えていない心地よい朝になるでしょう。毎日、前の夜に見た夢に悩まされるのは、たまらなく嫌なことですから。

高野　優子

Subject: サティの曲を聴いています
Date: Wed, 7 Jul 1999 23:52:41
From: "Youtarou" <Youta@acc-nagoya.or.jp>

To:"Takano Yuuko" 〈yuuko02@tachikawa.or.jp〉

あなたに送る言葉は尽きないのに、その一言ひとことを考え出すと、どうしてこれほどまでに悩まなくてはならないのでしょうか。手を握りしめ、あなたと私の温かみを共有出来れば、それは小さな言葉の切れ端で済むのでしょうに、悔しくてなりません。あなたの心が移り変わる淋しさを感じても、私にはどうすることも出来ません。ただ、いつかあなたから受け取った言葉を返すことしか出来ません。そんなに頑張ろうとしなくてもいいのです。肩の力を抜いて、そっと息を吐いて、サティの曲に耳を傾けるだけでいいのではないでしょうか。ただ流れていく曲に身を任せて、透明なピアノの鍵盤に指をあてがうだけでいいのです。頑張らなくても、サティがあなたにピアノを教えてくれるはずですから。

今日、商談を終えてセントラルパークの地下街を通って会社に帰る途中に、CDショップに駆け込みました。あなたのメールの内容が、いつも頭の中に留まっていました。喫茶店に入って時間を潰すときも、どこかの本屋で立ち読みしているときも、どこかでサティの曲が流れていないかと、注意深く意識を向けていたのです。店内に入って、私は店員に「サティという人の曲はありますか?」と聞きました。店員は「店の奥にあるクラシックのコーナーに並べてあります」と言いました。CDは案外簡単に見つけることが出来ました。

何枚か並んだアルバムの中から二枚組ものを買うと、慌てて会社へ帰りました。聴きたい気持ちを抑えながら、それから三時間ほど残業をして帰ってきたところです。先ほどから側に置いたCDプレーヤーで静かにサティが語り始めました。本当に静かです。これからしばらくの間、私をあなたに近づけてくれるような気がします。

今手がけている商談は半年も前から提案を続けてきた大きなものです。名古屋に本社がある食品卸会社で、全国の支店を結ぶ販売管理システムのネットワーク再構築の話をしています。あなたも聞いて驚かれるかもしれません。商談金額は現段階でおよそ二億円です。今後、もっと膨らんでくるかもしれません。ただ、大きな話であるが故に競合先も何社かあります。最終的に受注先が決まるのは来月の初めになります。六月末決算の会社なので、年度初めの七月の取締役会で議題を提出し、八月の役員会で業者選定をする予定になっています。担当者も来週に迫った取締役会への資料作成のために、稟議書を作っているのだそうです。だから今はその仕事で精一杯なのです。

この話が私のもとに来たとき、私は正直言って困惑しました。名古屋に来て初めて基幹システムを納入した得意先からの紹介だったからです。本来紹介というものは嬉しいものです。何故なら苦労せずして商談に移ることが出来るからです。今回もそうでした。しかし、紹介してくれた会社のためにもミスは許されず、必要以上の細かな対応を余儀なくされます。私にとっても、金額が金額なだけに、協力してくれるソフト会社や、営業本部に受注の知らせを届けなくてはならないというプレッシャーが否応なしにかかって、生きている心地がしない仕事に巻き込まれそうな気がしました。

その会社のシステムは今まで、ある大手のメーカーが一手に引き受けていましたが、今後のオープンネットワーク時代の展望を見据えて、何社かに競合させて社内外含めたシステムの再構築をするということでした。二〇〇〇年問題の対策を終えたばかりですが、今後五年間でオフィスコンピューターからパソコンによるネットワークシステムへ移行することを考えているのだそうです。あなたもアシスタントであった身です。少しは理解していただけると思いつつ、もう少し話すことにします。

この商談、私は当初から乗り気ではありませんでした。確かに話を頂いたときは嬉しかったのですが、話を進めるうちに何かしっくりこないものに気が付きました。それは今自分が提案している内容が、もしかしたらもう決まっている商談に対し、比較するだけの材料ではないかと思えてきたからです。不景気なご時世です。よりいいものを求めるのは当たり前のことなのですが、その辺がどうも先方の担当者から伝わってこないのです。商談というのは腹の探り合いです。相手が何を考えているのか、何を求めているのか、それを探ることが大切です。しかし、それ以上にお互いが真剣にぶつかり合う心意気がなくてはいけないのも事実です。それがないのです。大きな商談なので、何度も見積書を作成して提出しているのですが、楽しくないのです。残業をしているとき、私の後ろを通り過ぎる同僚は、その大きな商談金額に恨めしそうな目をします。その都度、私は代わってくれないかと懇願する眼差しで見つめ返します。しかし、そんなことは所詮無理なことです。最近ではノートパソコンを隠すように見積もりを作っています。私はただ、楽しい仕事がしたいのです。売れる売れないは二の次なのです。こんなことを上司に話したら私は怒鳴りつけられるでしょう。怒鳴りつけられたとしても私は怯みません。それが私らしさなのですから。今までそれが成功してきたから私は強気なのでしょう。

東京の新人時代、私たちは毎朝丸の内の支店を九時までに出させられました。新人だからといって甘えは許されませんでした。あなたもご存知の通り、本当に地獄の日々が続いたのです。先輩社員は得意先を回るだけで注文が入ってくるのに比べ、私たち新人は毎日飛び込みの営業でした。毎日五十件の飛び込みを義務付けられ、会社へ行くのがあれだけ嫌だった時代があったのも懐かしくなるほどです。

ある日、私は小ぎれいな雑居ビルの会社に飛び込みました。まだ営業トークもおぼつかない九月の終わり頃です。珍しく受付をすんなりと通された私は担当者らしき二人の前に案内されました。今でも忘れません。あのときの背中を伝った冷や汗の感触。何が始まるのだろうかという期待と不安。私がしどろもどろになりながら、そっとパンフレットを差し出すと、一人の担当者が口を開きました。「ちょうど今、システムを探していたところなんだ。ほら、いろんな会社のパンフレットを見ていたんだけど、君のところの会社も、ほらね」。そう言って、目の前に私が持っているものと同じパンフレットを出されました。それからはいつもあなたに自慢げに話した通りの結果です。先輩社員の助けを得て、大きな受注を取ることが出来たのです。私はあの頃の楽しかった思い出を今でも追いかけています。同行のために、近くの駅で先輩を待っていたときの胸の高鳴りは、あなたと待ち合わせをするときのように新鮮なものでした。

同席するソフト会社の開発担当者の言葉をノートに写して、自らも新人ながら気が付いたことを言う。自分のために世界が回っているのではないかと錯覚した、まだまだ若い頃の私でした。疲れ過ぎて、商談中に眠くなることが新鮮であった時代です。あなたは私のことを心から褒めてくれました。よかったね、おめでとう、などという月並みな表現ではなく、確か「これでこの会社でやっていけるね」と一言言ってくれたのです。

そして、あなたは残業が続いて疲れ切った私に向かって「そんなに頑張り過ぎなくても」と何度も言ってくれました。何か新しいことを始めようとしても「いつも頑張っているから、そんなに頑張らなくてもいいのに」と、他人から見れば後ろ向きな言葉をかけてくれました。私にはそれがとても心地のよい言葉でした。両親や親しい友人でさえ「頑張れ」「がむしゃらに頑張れ」と言い続けるのに、あなたは頑張るなと言う。私はあなたの言葉の深いところにある、とても優しいものを与えてもらったのだと信じています。

あなたには感謝してもしきれないことが多くあります。どうかそんなに自分を責めないでください。過ちとはあなたが決めることではありません。きっとそれはあなたが大きくなる一つの過程だったのです。だから過ちなのではありません。私も『異邦人』は高校時代に読んだことがあります。もう忘れてしまった内容ですが、自分に正直になることの難しさ、自分を信じることの難しさ、そんなものが書かれてあったような気がします。あなたの尊敬する富永先生はそれを伝えたかったからあなたに読むように渡したのでしょう。サティの曲もそんな気がします。何度も聴いていると、ふと昔の自分を思い出してしまいます。あなたの言うように、もう見つけることが出来ない色褪せたオルゴールの曲のような、どこかで聞いて知っているはずなのに思い出せないメロディーを、ふっと思い出させてくれる、そんな正直な曲でした。

もうすぐ午前零時です。今日のメールはこれまでにします。明日も朝一番から商談があります。来週にはもしかしたら東京への出張があるかもしれません。本社で今回の商談の詰めの打ち合わせがあるからです。丸の内支店で一緒に働いた先輩がいる営業本部主導で、メーカーとソフト会社との交渉もあります。忙しい毎日になりそうです。

それにしても、今私のいるコンピューターの世界で大きく騒がれている二〇〇〇年問題とは一体何なのでしょうか。毎日、得意先担当者との話し合いの中で、二〇〇〇年問題で会社が倒産するとか、莫大な投資が必要だとか聞き続けていると、それが魔物か悪魔のような存在に思えてなりません。数字が一つプラスされるだけで訪れる危機とは何なのでしょうか。物理的に突き詰めて考えていけば様々な弊害はありますが、普通に生活をしている人たちにまでこれほどの危機感を煽る理由とはなんでしょうか。私たちはただ、雲行きが怪しくなり始めているこの現代の、それも一九九九年で立ちすくんでいるだけのような気がします。過ぎてしまえば、振り返りもしないただの時間だったと思うときが来るのでしょう。だから、今は少しでも前向きに考えたい気持ちもします。そうです、きっと二〇〇〇年には希望が待っているのです。誰もが想像し得ない希望です。あなたにも私にも、たった一がプラスされるだけではない、幾千幾万がプラスされる何かが待っているのでしょう。

それではおやすみなさい。あなたもゆっくり眠ってください。

岩崎　洋太郎

Subject: 今日は少しだけ幸せです
Date: Thu, 8 Jul 1999 19:13:35
From: "Takano Yuuko" 〈yuuko02@tachikawa.or.jp〉
To: "Youtarou" 〈Youta@acc-nagoya.or.jp〉

今日は少しだけ幸せです。富永先生に会うことができたからです。毎週会うことができるのに、私にはその一週間がとても長く長く感じられて仕方がありません。特に今週は先生の都合で、面会が木曜日になったからです。今日の私はどこか違う私でした。いつも悩んで口ごもってしまう私は家に置いてきてしまったように、別な私だったような感じでした。先生の部屋に入って、すぐにカミュの『異邦人』の感想を話しました。難しい感想でした。自分で話していながら、それが本当に難しい、訳の分からないことだと実感していたほどですから。でもそれは私がその後話さなくてはいけないことを話すための序章だったのです。いつもより長い感想でした。なぜ彼が人を殺さなくてはならなかったのか、人を殺すことは社会ではどのように見られているのか、罪を償うという気持ちは、どういう心境にならなければ芽生えてこないのか。いつもと違って、私ばかりが一方的に話し続けたのです。そして、とうとう私は話しました。あなたのこと、私がどれだけ醜いことをしてきたのかを全身に力を込めて話し続けたのです。あなたのメールを今朝読んで、話そうと決めていました。あなたに話したことによって、少しだけ勇気が湧いてきたのです。でも、話してしまって、少しばかり後悔もしました。今日限りで先生の顔を真っ直ぐ見つめることができなくなってしまう。今日限りで先生は私のことを嫌いになってしまうと思ったのです。

しばらくの沈黙のあと、先生は「よく話してくれたね」と言ってくれました。先生は待っていました。私はまんまと先生の手の内に入ってしまったようです。先生もあなたと同じことを言っていました。「過ちとは一人で決めることではない」と。もしかしたら決め過ぎることではないと言ったのかもしれません。私は一体どこに向かっているのでしょう。もうすぐ二十八というプレッシャーと、二十八年間を振り返ったとき、何もあとに残っていない虚しさ。私はこれからも私であり続けるのでしょうか。

最近よく考えることがあります。グループ討論のとき、私はなぜ口を開こうとしなかったのかということです。あれだけ皆が赤裸々に話すのに、私は一人口を閉ざしていました。自分一人が正常だと思い込むように、私は他人の話を頭の片隅でしか聞いていなかったのです。卑怯な女でした。ある日、ときどき横で討論を見守っている臨床心理士の先生に言われたことがあります。「高野さんは皆さんの話を聞いてどう思いますか？　せっかくだからみんなと一緒に話しましょうよ」と。私はショックでした。心の中を全て見通されているような気がしました。それまで、私は当たり障りのない過去のことばかりを話していたのです。言葉に出して見つめなくてはいけないことを、私は一切隠し通したのです。先生に言われてからは意地になってしまって、もう収拾がつかなくなってしまいました。そして、次第にグループ討論の時間が億劫になり、何かと理由をつけて休むようになっていったのです。しばらくして、私は何とかごまかして退院すると、ため込んでいた薬を一気に飲みました。二度目の自殺未遂でした。私は朦朧とする意識の中で「またやっちゃった」と繰り返していたそうです。もうあんな苦しみは味わいたくありません。胃の洗浄というのは言い表しようのない苦しみを伴います。太いチューブを無理やり喉の奥に押し込められて、暗い暗い川の底で溺れて、このまま死ぬのだろうかと思ってしまうほど、喘ぎ続けなくてはならないのです。こんな苦しみを味わうなら死ぬつもりでもっと飲めばよかったと思ったほどです。そう、もっとです。言い直すならば、見つからないように時間を見計らってもっと飲めばよかったのです。私は本当に死のうと思わないまま二度も自殺未遂をしてしまったことを、暗いベッドの上でやっと気付かされたのです。

あの夜、目を覚ますと、部屋の中にはカーテン越しに差し込む月明かりが確認できました。母がベッドの左下で寝息をたてていました。私は数時間前に一度意識を取り戻し、再び浅い眠りに落ちていったのです。気持ちが悪いほどに頭が冴えていました。反対に手足は自由に動かすことができませんでした。動かそうとしてもいままでどうやって動かしていたのか忘れてしまっていたのです。数日後、そのことを先生に聞くと、薬のせいで全身の筋肉が極度の疲労を感じていたからだとのことでした。私はなんとか動かすことができる首だけを動かして窓の方を見ました。胸騒ぎがしたからです。母ではなく、誰かの気配がしました。懐かしく、温かい気配です。お祖母ちゃんがそこで立って私を見下ろしていたのです。長い間見つめ続けられていました。そのうちに私は「ごめんね。ごめんね」とお祖母ちゃんに何度も謝り始めました。私は大切な大切なお祖母ちゃんまで裏切ろうとしたのです。お祖母ちゃんがいつも投げかけてくれた微笑みまで忘れてしまっていたのです。私はいつまでもお祖母ちゃんに謝り続けなくてはいけないと思っています。

富永先生が会話の中でこんなことを言ってくださいました。「人というのは過ちを犯すもの、いまの世の中、過ちを過ちと考えない人が多い。君は自分で過ちと認めた。だから誰よりも本当の人間らしいんだ。今日、僕に話したことで君はこれから僕とその苦しみを共有することになる。そしてもう一人、君が心の中で思い続けている洋太郎君と三人で共有するんだ。だから早く治ろうとしなくてはならない。僕のためにも洋太郎くんのためにも」。

私は聞き終わって泣きました。先生の前で泣いたのは初めてです。泣いたあと私はいままでになく、心の奥がすっきりと整理されていることに気が付きました。泣いている間、泣きながら眠っていたのか、私の妄想が膨れ上がっただけなのか、頭の中にある光景が浮かんできました。

冷たい風が頬をかすめる湖畔で、ただ一人立ちつくして遠くの雪山を眺めている私。怖いほどの静けさが私を包みます。耳がキーンと痛くなるほどの静けさ。湖を取り囲む針葉樹林には朝靄なのか、ただの霧なのか、灰色の煙が包み込むように広がっています。湖面は静まり返り、森も霧も雪山も分身のように映し出している。私はそこでどちらが本物なのだろうかと考え続けています。もう長い間、ただそうやって考え続けることが義務であるかのように立ちつくしているのです。怖くて身動きできませんでした。瞬きをしただけでその光景が全てなくなってしまうのではないかと、首を動かしたら湖の深い深い底に沈んでしまうのではないかと、怖くて凍り付いているのです。しばらくして、私はその極度の緊張に我慢しきれなくなって、ふっと身体から力を抜きました。すると私の頬を伝って涙が一滴落ちていきました。私はすかさずその行方を目で追ってしまいました。動いてはいけないのに、動いてしまったのです。涙は湖面に小さな輪を描いて消えていきました。そこで映像は途切れました。遠い昔そこに行ったことがあるからその光景が浮かんできたのか、テレビや写真で見たことがあるから浮かんできたのか分かりません。ただ、私はその冷たい光景の中でひっそりと、ただ泣き続けているのです。

いままで何度も何度も泣いてきたつもりなのに、今日流した涙は、私の中に微かに残っていた神聖な場所から溢れるように出てきたのです。私にもそんな心が残っていたという安堵と、少しばかりの期待を感じました。だから今日は少しだけ幸せなのです。

そして、その光景が途切れた途端、私はあなたの姿をまざまざと思い出しました。ベンチに座りながら、隣で私に向かって熱心に何かを話している姿です。あなたがいつも私に話してくれた作り話のことを思い出していたのです。山のサブロウさんの話や、海のシロウさんの話。陶芸家のロクロウさんの話も面白かったです。いつも途中で終わる話でした。あなたはそのあとの続きは自分で考えろと言いました。サブロウさんはあの山のてっぺんの大きな岩から落ちたあと、どうなったのですか？　死んでしまったのですか？　それともテレビのマンガのように木に引っかかって助かったのですか？　私は悲しいけれども死んでしまった気がします。死んでしまって、エンマ様の前で、意地悪なタヌキを助けたことによって、それまでの罪を許されて天国に行ったような気がします。どうですか？　私の結末は？　間違っているのでしょうか？　そして、あなたのお話を思い出しながら、もう一つ気になることを思い出しました。話がジロウさんから始まっていたことです。なぜイチロウさんから始まっていないのでしょうか。一郎さんに気を遣って話さないだけなのでしょうか。あなたは多分、イチロウさんの話を作っています。ただ、一郎さんに気を遣って話さないだけなのです。きっとそうです。私の勘は昔からよく当たるのです。

つまらないことを思い出してしまいました。

お仕事の話、本当に懐かしいです。私は仕事中、営業の人がいなくなってがらんとした事務所の中で、いつもあなたからの電話を待っていました。どんな用事でもよかったのです。あなたからの電話を取ると「当たった」と私は心の中で呟いたものです。電話口で「私のこと好き？」と何度も確認したいのを我慢して「お疲れさまです」と発するときの、何とも言えない心のときめきがいまでは懐かしくてなりません。あなたから何か頼み事を受けると、私は「仕方ないわね」と呟きながら、誰にも気が付かれないように笑っていたことでしょう。「ケーブル足りなかったから一本追加して発注しておいて」と何度も慌てて頼んできた小さな頼み事も、先輩社員の方の仕事よりも優先させていたことを、私はあなたに伝えたことがあったでしょうか。もう、五年も前のことなんですね。本当に懐かしいことなんですね。

あなたのメールの中に書かれてあった「二〇〇〇年には希望が待っている」というお言葉、今日の富永先生との会話を思い出しながらしみじみと考え直しています。面会時間が終わりに近づいた頃、先生はここだけの秘密だよと言って、ある新薬のことを教えてくれました。二〇〇〇年の秋頃、新しい薬が日本で発売されるのだそうです。SNRIという薬で、私がいま飲んでいるSSRIという薬を少し改良した薬なのだそうです。SNRIというのは略語で、〝選択的セロトニン・ノルアドレナリン再取り込み阻害剤〟というのだそうです。いま飲んでいる薬のセロトニンの吸収を助ける効果に加えて、ノルアドレナリンの吸収もよくする効果があるそうです。特に日本人にはノルアドレナリンを吸収させる薬の方が、いま飲んでいる薬よりもとてもよく効くのだそうです。欧米人とは少しだけ脳内物質の働きが違うようです。先生から、高いけれど画期的な新薬ですよと何度も聞くと、私はそこに少しばかりの希望を感じます。副作用もほとんどないから、いままで苦しんできた私にぴったりの薬なのだそうです。いま飲んでいるSSRIという薬に馴れてしまって、効果が薄れてしまっていたら、一年後、私はこの薬を飲んでいるのでしょうか。いままで飲んできた多くの薬のように、普通に食後に飲むようになっているのでしょうか。その薬がなくては眠れなくなるということはないのでしょうか。まだまだ先のようですが、時間が経てばすぐに手にしている私の姿が思い浮かびます。

あなたのお言葉のように、私を取り巻く環境も一つアルファベットが置き換わるだけで全く違う世界になるような感じです。私にとって二〇〇〇年にはどういう時間が待っているのでしょうか。それはどんな色をしているのでしょうか。どんな匂いを持っているのでしょうか。どんな温かさなのでしょうか。想像しても、想像できるものではありませんね。きっと、そこには明るい輝かしいものがあるのだと、私もいまは必死に信じたいと思います。

あなたの今度の大きなお仕事、多分あなたなら受注できると思います。いつもそうでした。困難があればあるだけ、あなたは頑張る人でした。どうしてそんなに頑張り過ぎるのだろうかと、呆れてしまうほどでした。だから今回の件も多分、向こうの担当者は知っていてあなたを試しているのでしょう。私にはそんな気がします。私の勘はよく当たるのです。自分のことは全く分からないのに、人のことは不思議にそうだろうなと感じるのです。だから、きっと受注できるはずです。そして、あなたらしくきっちりと仕事を進めていくでしょう。なぜかそんな気がします。私のいつもの勘なのです。

それでは気分のいいうちに今夜は眠ることにします。おやすみなさい。

高野　優子

Subject：信じています
Date：Sat, 10 Jul 1999 21:58:12
From："Youtarou" <Youta@acc-nagoya.or.jp>
To："Takano Yuuko" <yuuko02@tachikawa.or.jp>

もう随分と前に脳内物質を紹介した本が大流行しました。私も興味に引かれて手にしたことがあります。私たちが日常に感じている感覚が脳内物質によってもたらされていることが詳しく書いてありました。ノルアドレナリンやセロトニン、私たちを構成している身体の中に複雑な物質が流れているのかと思うと、その事実に戸惑うばかりです。笑ったり、怒ったり、泣いたり、悩んだり。あなたには厳しい言葉なのかもしれませんが、そんな自然の感情を少しばかりの物質に支配されたくはないものです。しかし、気にならないでください、これはいつもの私の探求心です。きっとその立場になれば、私も興味が涌いてもっと突き詰めるでしょうから。

それにしても、あなたのメールを読むと、私も薬の勉強が出来たような気持ちになります。あなたが自分の現在を知ろうと努力することは、自分がどんな状態で、どこへ向かっていこうとしているのか、しっかりした道を見つけ出そうとしている証拠なのでしょう。

富永先生は本当にあなたのことを思ってくれている人なんですね。それは恋心とか、友情とかいう他人へ移る感情ではなく、家族へ向かう愛情のように私には感じ取れます。医師が余命宣告する是非を、よくテレビなどで議論されているのを聞きます。隠すことも、正直に打ち明けることもどちらも正しいのですが、その人にとって一番何がいいのかを見つけることが、とても大切なような気がします。富永先生はあなたに隠しごとなく打ち明けることによって、あなたの心を少しずつ解放してくれようとしているのだと思います。

こんなことを書きながら、私は隣の部屋で寝息を立てている順平の存在を感じます。家族とは何でしょうか、恋人とは何でしょうか、友人とはどう違うのでしょうか。打ち明ける人がいて、秘めごとをする人がいて、私たちはそれぞれに異なった立ち居振る舞いをしなくてはなりません。営業する私と、それを上司へ報告する私のような建前が必要とされる立場の違いもあります。そして、私があなたとのことを考えると、それはベールに覆われたように秘密でときめいていたような気もします。他人同士の私とあなたが、長い時間を隔てて話し合うことが出来るのは、奥深いところで「秘密」が存在していたからなのだと思われてなりません。

私たちは本当に秘密めいていました。秘密だったからこそあれだけときめきを感じたのかもしれません。会社の中での私とあなたは、こらえ切れずにぷっと吹き出してしまいそうな秘密を共有していました。会社に電話をする度にあなたが電話に出て、あなたの畏《かしこ》まった口調を聞くと、私はいつも笑い出したくなったものです。私たちは、課長や先輩の存在をいつも意識しなければなりませんでしたから。

本当に懐かしい話です。私たちはいつも繋がっていました。それは電話であり、視線でもあり、意識でもあったのです。そして、今はメールという手段で確実に繋がれています。そのメールは必ずあなたに届きます。あなたが私と会話をしようとパソコンのスイッチを入れさえすれば、必ずあなただけに届いているのです。メールの中身を見るためにはあなただけのパスワードを入力し、あなただけの時間と空間の中でしか開かれることはありません。

私はこの一か月の間、あなたとやり取りしてきた長いメールを読み返して、ふと私たちの間に存在していた距離について考えました。最近、私たちは友人とも、同僚とも距離の取り方が下手になってしまったのではないかと思います。それは連絡方法が手紙から電話へ、電話から携帯電話へと移り変わり、個人と個人の距離が近くなり過ぎたことによるのかもしれません。便利であるが故に、考えなさ過ぎる世の中に移行しているのではないのかと疑問視してしまいます。それは私たちがそのうちにお互いを思いやる想像力をなくしてしまうのではないかということ。近過ぎてお互いの気持ちを考える時間もないうちに、出会い、会話し、別れる。お互いの気持ちがどうなのか、好きなのかどうなのか、そんなことを冷静に考える時間がなくなってしまったのではないかと思います。そう考えると、あの二年間、私たちにはなんて素敵な距離があったのでしょうか。同じ職場で、同じ課で働きながら、私たちはお互いを試し合うように、目を合わせたり、ときにはわざと背けてみたり。それは、多分、私たちだけの領域が存在していたからなのでしょう。それは次第にお互いが信じることへと移り変わっていくこと。お互いの距離を保ちつつ、私たちは互いに存在意識を深めていったのです。私たち人間には少しばかりの距離が必要なのです。

しかし、私たちがやり取りしているメールですらその危険性を伴っています。馴れてしまうと、手紙を出すよりも安易で、すぐ返事を書いてしまうのがメールというものなのです。すぐに書いてしまうから、もう少し冷静に見つめなければならないのかもしれません。ときに読み返し、ときに出そうか出すまいか考え直す時間が必要なのかもしれません。本当はあなたとの連絡も手紙でやり取りしたいのは山々ですが、それは今になっては出来そうにありません。あなたから返信が届く度、私は昔のように心ときめかせ、すぐに自分の言葉を伝えたくて仕方なくなるでしょうから。世の中に馴れていくということは、同時に縮まった距離を保てるように努力することなのかもしれません。

話は急に変わりますが、明日から東京へ出張することになりました。この前書いた仕事のことで、日本橋の本社で打ち合わせをするためです。明日の日曜日に移動し、明後日の朝一番で東京のソフト開発業者と本部の人たちと三日間にわたって打ち合わせをする予定です。だからその間はホテル暮らしです。荷物整理もやっと終わったところです。大きな鞄にワイシャツやら靴下やら下着を詰め込みました。忙しい一週間になりそうです。東京出張のついでに、システムを提案している会社の東京支社にも顔を出して、ネットワークの最終段階の話をすることになっています。オンラインの関係や、データ転送の細かい確認を取ることになっているのです。本当に忙しい一週間になりそうですが、少し時間が出来たら上野公園でも散歩しようと思っています。もしかしたら、井の頭公園まで足を延ばすかもしれません。あなたの存在を少しだけ感じてくることにします。もう少し早くからメールをやり取り出来ていれば、何としてでもあなたにお会いしようとしたでしょう。しかし、今度はあまりにも急で、心の準備が整っていません。時間は逃げていきません。何か月かあと、私は必ずあなたにいついつお会いしましょうというメールを差し上げます。

東京に行く前にあなたにお話ししなくてはいけないことがあります。まだまだお答えすることは山ほどあるのに、書こうとすると書けません。とりあえず一つだけ答えておきます。私の作り話はその場で即興で作った話ばかりです。私は小さい頃から童話や絵本を読むのが好きだったので、空想癖がついているのでしょう。勝手気ままに作り話をして誰かを戸惑わせるのは、今でも変わりありません。ですからイチロウさんの話は作ったような気がしますが、もう忘れてしまいました。きっと、それほど重要な話ではなかったのでしょう。あなたが覚えていないのならば、きっと話していないだけなのです。だから心配しないでください。それほど大したことありませんから。それほど重要な話はしてないはずですから。

それにしても、一郎のことを思い出すといつもあの後ろ姿を思い浮かべてしまいます。研修中に休憩室へ行こうとすると、いつも連絡通路の中ほどの窓に寄りかかって外を見続けていました。私は火を付けるばかりにした煙草をくわえながら、一郎の横に立って、同じように窓から乗り出すようにして辺りを見渡しました。ビルばかりが乱立する風景は、いつも変わりありませんでした。何がそんなに珍しいのだと聞くと、東京の空気を吸っている実感を湧かせているだけだと言いました。実家の神戸とは違った空気が、ここには流れていて、何かを思いつきそうで思いつかないところなんだと。私は訳の判らない返答をする一郎に向かって、耳の後ろで跳ねているくせ毛をからかったものでした。一郎から詳しく聞いた話では、頭の渦が右耳の後ろで段違いの境目のようになっていて、その部分だけ渦が上向きに流れているからなのだということでした。出勤前にその部分だけ整髪料を多めにつけて押さえてくるのに、ときどき慌てて出てきて忘れてしまったときや、汗をかいて整髪料が流れてしまったときには、見事にピンと飛び出してしまうとのことでした。その跳ね方は、いつも寝癖と間違えられて、小さい頃から寝ぐせ太郎とあだ名をつけられていたと、ひどく傷ついた幼少期の話を聞かされたものでした。

今頃何をしているのでしょうか。生き生きと福祉の仕事をこなしているのでしょうか。自分の道をしっかり探し出しているのでしょうか。たった三か月しか行動をともにしていない一郎の思い出がこれだけ繰り返されるとは、きっと生まれ持った無邪気さとか、他人の心をくすぐる人望みたいなものが彼にはあるのでしょう。何を言われても、微笑みながら「実はそうなんだ」と返す彼の姿が思い出されるようです。

そんな思い出を連ねていても、明日、東京へ向かうという実感がどうも湧いてきません。この忙しさのせいでしょうか。仕事が目的で行くからなのでしょうか。あなたにお会いしに行けるならば、何を土産にしようか迷うことも出来るでしょうに。本当に残念です。

そうそう、先ほど荷造りをしながら、傍らでサティのCDをMDにダビングしました。新幹線の中でじっくりと景色を見ながら聴くことにします。富士山とサティの曲は意外に似合うかもしれないと思うのは私だけでしょうか。静かに流れるピアノの旋律の中で、目を瞑り、これからのこと、これまでのこと、ゆっくり考えてみたいと思います。

岩崎　洋太郎

Subject: お帰りなさい
Date: Sat, 10 Jul 1999 23:09:46
From: "Takano Yuuko" 〈yuuko02@tachikawa.or.jp〉
To: "Youtarou" 〈Youta@acc-nagoya.or.jp〉

本当に忙しそうですね。忙しいことはいいことです。何も考えなくても時間が過ぎていくのですから。アルバイトでも始めて、忙しさに身を置いてみたくなってしまいます。気が付くともう夕方か、と思えれば、私の時間の感覚はもとに戻るような気がしてなりません。あなたから頂いた短いメールを読んで、私は慌てて返事を書かなくてはいけないと思って、件名の所に「行ってらっしゃい」と書きました。でも、いざ本文に取りかかると「お帰りなさい」と書いた方が私らしいのではないかと思い直して、慌てて書き直しました。本当に「お帰りなさい」なのです。

先ほどパソコンを開いて、メールが一件届いていることを確認してから、私は少しだけ固まってしまいました。あなたのお書きくださった件名に一言「信じています」なんて書かれてあったからです。私は目を何度も擦って、この言葉を繰り返し読み上げました。改めて言葉にしてみると、なんて不思議な言葉なのでしょうか。信じるってどういうことなのでしょうか。頼るでもなく、甘えるでもなく、どうやって発音しても、おかしな言葉であることに気が付きました。愛しているでもなく、いとおしいでもなく、信じているだなんて。この五年間、私は何を信じてきたのでしょうか。両親でしょうか。先生でしょうか。敬子でしょうか。それともあなたなのでしょうか。この言葉の意味をもっと早くから考えていれば、私はあなたに寄り添って、いつまでも頬をすり寄せていたかもしれませんね。そんな淡い希望を持たせてくれる言葉のような気がしてしまいました。

あなたの言うように、いまの私たちには少しばかりの距離が、本当に必要なのかもしれませんね。何百キロも離れているあなたへのメールも、送信のボタンをクリックすれば数秒で送られてしまいます。ポストを心ときめかせて何度も見ることもなく、本当に瞬時にあなたに私の言葉が届くのですから。それはとても怖いことです。距離の取り方を間違えると、私のように誰も信じられなくなってしまうからです。でも、私たちの間には確かな距離が存在します。お互いの電話番号を知っているのにかけることはないからです。もしも、あなたがメール上で許可してくれたとしても、私は電話の前で悩むことでしょう。そして、かけることなく受話器を置くことでしょう。それはあなたも同じこと。私がかけて欲しいと懇願したところで、あなたはきっとかけてくれないでしょう。それが私たちの五年という距離なのです。もうどうすることもできない遠い遠い距離なのです。それなのにあなたは明日から東京にやってくる。私はこうやってメールをなぜ急いで書いているのか、分かりました。あなたに会いたいのです。あなたの声を聞くことは怖いのに、会うことならできるような気がするのです。このメールが届いて、あなたからの返信メールがすぐやってくる。そのメールには上野公園の噴水の前で何日の何時に待っていると書いてある。あなたらしく、私が唯一病院へ行く水曜日は外して指定してくれるのです。いいえ、それはダメです。待ち合わせ場所をわざと間違えて、あなたに私を探してもらうような出会いが必要なのです。渋谷か新宿を歩いていると前からあなたがゆっくりと近づいてきて、私は自分から声をかけることを憚《はばか》って、目線を逸らす。でも、しっかりと横目であなたの姿をとらえています。そして、あなたに私を見つけさせるようにするのです。あなたは私を見下ろして「久し振り」と言います。私はゆっくりとあなたを見上げながら、ただ微笑むのです。私たちにはそんな偶然な出会いが必要なのです。そうでなくては私たちはもう会うこともできないのでしょう。

思えばあの頃もそうでした。私たちはデートのあと、必ず次に二人で会う日時を決めてから別れました。どちらかが急に用事ができると社内メールで場所と時間を決めたものでした。多くはあなたから「先輩と飲みに行くから今日はダメになった」というメールをもらってから、私がこっそりと「いつがいい？」と返信をしていました。あの頃は本当に幸せでした。メールの返事がないと、私からあなたの寮へ電話をしたものでした。用務員のおじさんの「ちょっと待っとりなさい」という、どこの言葉なのか分からない受け答えのあとの時間を、どれだけ楽しんだことでしょう。あなたからの電話は全くないのに、私ばかりがあなたに連絡を取っていたのです。ときどき妹と言ってみたり、ときどき会社の同僚と言ってみたり、それぞれでいろんな私を作り出して、なんて素敵なお遊びだったことでしょう。それなのに、あなたはときどき「もう眠いから明日話そう」なんて一方的に電話を切ることがありました。部屋から電話のあるところまでどれだけの距離があったのかは一度も聞いたことがありませんでしたが、あなたが冷たい廊下をスリッパを鳴らせて帰っていく後ろ姿を、何度も想像したものです。私は電話が切れてから、腹立たしさに何度電話が壊れてしまうほどに置いたでしょうか。でも、それが逆に新鮮だった気がします。あなたをあの古ぼけた寮の中で捕まえることができて、あなたが私としか繋がっていない時間がそこにも存在するのだと感じることができたからでした。でも、会社の方針でポケットベルからの切り替えで、あなたたち営業社員全てに携帯電話が支給されてから、私の気持ちは変化していきました。いま冷静に考え直して、やっとそれが原因の一つだったと知り始めた変化です。とても一方的なものでした。私はあなたに執拗に電話をするようになってしまったのです。あなたがうんざりするほど電話をし続けたのだろうと思います。何度もあなたの口から聞いた「いまは忙しいから」という言葉が、私をますます混乱させていきました。

あなたが転勤する前の口を利かなくなるまでの少しの間、私は本当に何度も何度もあなたに電話をしました。それは多分、あなたの言われるように何かを信じることができなくなったからなのでしょう。私には特にそうでした。理由や原因はありません。あなたの電話のうしろから流れてくる駅のアナウンスや、人のざわめきを聞く度に、私は自分だけがどこかに取り残されているのではないかと、行き過ぎた考えばかりを巡らすのです。連絡がすぐに取れるが故に、それが嫉妬になり、不安になるのです。私たちには本当に少し距離がある方がよかったのです。少し距離を置いて、私が少しだけ意識してあなたを信じる努力をするべきだったのです。なぜあの頃気が付かなかったのでしょうか。一日ベッドの上で考えながらそう思っても、もう取り返しのつかないことなのですよね。もう、五年も前のことなのですね。あなたのお父さんのことも気が付かないほど、私は自分のことしか考えない無神経な女だったのですね。

いま思うと、私の病気はそんな小さなことから、悪い方へ向かっていたのだなと感じます。どこかでいまかいまかと待ち構えていたのだと思います。病気の責任にするのは卑怯です。でも、私を救ってくれる事実は、私が風邪をひいた、頭痛がするといったものと同等の病気にかかってしまったという、受け身の事実なのです。私の思いが間違っていたのならば、昔のように訂正してください。あなたの強くて胸に突き刺さるような言葉を投げかけてください。

このメールがまだ名古屋にいるあなたに届いて欲しいという期待と、届かない方がいいという期待を込めて、お送りします。来週一週間、私は心の高揚を抑えきれず、井の頭公園や上野公園を歩くのかもしれません。あなたが近くにいるのを感じることができれば、人込みにも平気で入っていけるかもしれません。

高野　優子

Subject: お返事ください
Date: Thu, 15 Jul 1999 21:13:35
From: "Takano Yuuko" <yuuko02@tachikawa.or.jp>
To: "Youtarou" <Youta@acc-nagoya.or.jp>

昨夜、不思議な夢を見ました。

私は暗い家の前にいます。よくよく見回すとその家は見たことがあります。そう、私の住んでいる家です。私は泣いているのか、淋しがっているのか、とにかく父や母を探して家の中に入りました。家の中に入って外を見て気が付いたのですが、電気が付いていなくて暗いのは私の家だけなのです。周りの家は窓越しに明かりが確認できるのに、私の家だけ忘れられたように電気が付いていないのです。それに気が付くと私は急に泣き出して、父や母を呼び続けました。でも、探しても探してもどこにもいませんでした。居間にある本棚の百科事典も、編み物の本も、植物図鑑もそのままなのに、私しかいないのです。しばらくして私は急に泣きやむと、玄関へ急ぎました。先ほどまで暗かったのに、下駄箱の上にある熱帯魚の水槽だけがぼんやりと光っています。水槽の中ではネオンテトラが蛍光灯に照らされて静かに泳いでいます。私は何を思ったのか、下駄箱を覗きました。中には私の靴ばかりが何十足もありました。もう昔に履きつぶして捨ててしまった靴も、川に遊びに行ったときに流してしまったゴム草履も、サイズが合わなくて履くことができなかった靴まで、目の前の下駄箱に乱雑に詰め込んであるのです。不思議なことに、その靴は全てが泥で汚れ、とても履けるものではありませんでした。小学校か中学校の頃に履いていた白い体育館シューズまで真っ黒に汚れています。私はその光景を不思議がることなく、再び誰かの名前を呼びながら外に出て行きました。

私は一体誰を探していたのでしょうか。この頃、私は不思議な夢ばかりを見ます。富永先生は「睡眠が浅いから仕方ないよ。そんなに気にすることはないから」と言います。でも不可解な夢ばかりを見ていると、私は本当に自分がここに存在するのだろうかと疑ってしまうのです。

私はときどき自分を試すことがあります。夢を見るか見ないかの賭けです。薬を飲むと次の朝、夢のことは覚えていません。でも、もうよくなったかなと思って薬を飲まずに眠ってしまうと、夜中に何度も起きてしまいます。不思議な夢ばかりが、異様な後味として私の中に積み重なっていくのです。本当に不可解な夢ばかりです。でも、その中には私の過去が埋まっていることを知っています。いつになったら薬を飲まずに安らかな眠りにつけるのでしょうか。私は快方に向かっているのでしょうか。一九九九年で地団駄踏んでいるだけではないのでしょうか。あなたなら知っているのではないでしょうか。

あなたからの返信がないまま、もう五日が過ぎようとしています。とても長い長い時間です。五日前、慌ててメールを送ったあと、私は今日まで何度も何度もパソコンの電源を入れました。あなたなら必ず返信をくれるはずだ、あなたなら何か私に話しかけてくれるはずだと思い続けました。ベッドの上で気が付くと、日曜日のお昼過ぎでした。私はパソコンをつけたままにして朝まであなたを待っていたのです。そして、ついに諦めて眠ってしまいました。最近、近くの幼稚園から聞こえるようになった鶏の鳴き声も、お日様が昇ると一斉に聞こえてくる近くの神社のアブラゼミの声も、しっかりと覚えています。それなのにあなたからのメールは届いていませんでした。私はこれから、あなたと全く連絡が取れないかもしれないということに恐怖しました。せめて返信が来なくても、あなたに私の言葉を伝えたいと思い続けました。と同時に私は五年振りにあなたに怒りを覚えました。五年前、あなたは私に対してしっかりとした説明のないまま転勤していきました。私は話して欲しかった。あなたがなぜ私を置いて転勤しなくてはいけなかったのか、それだけしっかりと話して欲しかった。私だって気が付いていたのです。あなたの家族に急がなくてはならない訳があったことも。あなたの言葉の端々をつなぎ合わせて、私もお父さんのことだと気が付いていたのです。

人事異動の辞令が張り出されたとき、あなたはただ名古屋で一人営業社員が不足しているから、実家が愛知県にあるからと機械的に転勤が決まったことしか言わなかった。たったそれだけしか言わなかったのです。私もそれ以上に聞こうとしませんでした。だって、名古屋支店で人が足りなかったのは本当のことですから。私だってそれくらいのこと、社内の掲示板で見て知っていたのです。でも、もうその頃には私たちの間にはほとんど会話らしい会話は存在しませんでした。もうどうすることもできないようになっていこうとしていたんですね。

私の病気のことなど心配することなく、ただ話して欲しかった。本当にあなたなら信じることができると思ったのに、私はそれを貫き通すことができなかったのです。私のどうしようもない病気を、あなたならしっかりと受け止めてくれると思ったのに、なぜ私は正直に打ち明けなかったのでしょうか。いまになって、あなたのお父さんにもごめんなさいなんて言えません。病気のせいだとは言いたくないのだけれど、もうその頃には、私一人ではどうすることもできなくなってしまっていたのです。

あなたにはまだまだ話していないことがいっぱいあります。私が奥多摩の氷川というところから立川に引っ越してきたことは何度も話したことがあると思います。いまになって話しても何も生まれないことは知っています。私の思いは一つずつ言葉にしなければ梅雨空のようにいつまでも晴れ間を見せてくれません。だから許してください。なぜ私たちが引っ越してこなければならなかったのか、そこの一番大切なところを話していなかったような気がするからです。何かがあの夏の出来事から始まりました。あの夏、私の中に眠っていた暗いものが長い長い坂道を転げ落ちていったのです。

私が通っていた氷川の小学校では六年生になると、八月に入ったお盆前の三日間、学校に泊まり込んで合宿を行うという行事がありました。一学年で一クラスしかなく、そのクラスも三十二人と小さな小さな学校でした。六年間クラス替えもなく、家族のように、進級していくのが当たり前の世界でした。夏の合宿はそんな小さな私たちの大きな楽しみの一つだったのです。と同時に合宿をするという、日常から離れた行動をすることで私たちは少しばかり成長をして卒業していきました。合宿は、川で魚を釣って、山へ行って山菜を摘んできて、校庭裏で栽培している野菜を使って自炊をする小さな冒険でした。いまではもう親が反対しているため、合宿自体がなくなってしまったそうです。ずいぶんと昔に届いた、同窓会の案内にそんなことが書いてありました。私たちの時代は当たり前のように行われていたのです。三日間の遊びといえば、全てが川で泳ぐことでした。午前中細かい雑作業をして、昼ご飯を作って食べれば、もう楽しい川遊びの時間がやってくるのです。男子は各々釣り竿を持ってきて魚を釣って、私たち女子は日中一番暑いときを川岸で過ごしました。私たちは水着のまま岩場で日光浴して、暑くなったら水に浸かってテレビの話や、人気のあったアイドルグループの真似をしながら楽しい時間を過ごしました。自分たちでご飯を作り、自分たちで校庭にテントを張って、自分たちで工夫して遊んだのです。一日の疲れは毎晩の楽しみの花火が忘れさせてくれました。誰もが六年生にならないと参加できない合宿を心待ちにしていたのです。

　合宿二日目、私たちは前の日と同じように川岸で遊んでいました。相変わらず男子は魚釣りをしていました。私たちは暑い日差しを避けて、大きな岩陰や、各々持っていったパラソルの下でおしゃべりをしていました。すると魚釣りに熱中していた担任の吉田先生が私たちのところに来て「なあ、向こう岸まで泳いで渡ってみるか」と言いました。お昼ご飯の満腹感がなくなり、そろそろ身体が動き出す三時頃のことです。吉田先生は一向に手をあげない私たちを見渡して「但し自信のあるものだけでいいんだぞ」と言いました。私たちは顔を見合わせ、二十メートルもない対岸を見つめました。男子は全員魚釣りをしていて、そこにいたのは十七人の女子だけでした。一人あげ、二人あげ、半分くらいの子が手をあげたでしょうか。先生はびっくりしていました。その場にいたのが女子ばかりだったので、先生は半分も手をあげるとは思わなかったようです。私たちの間に緊張が走りました。だって、プールで泳ぐのとは訳が違いますから。「川は危ないからね」とお祖母ちゃんにも言われていたのです。そして一人ひとり、先生の合図で川向かいの大きな岩を目印に泳いでいったのです。私は最後から二番目に渡ることになりました。泳ぎには自信がありました。こう見えても小さい頃は走るのも、泳ぐのも早かったのです。とうとう私の番が来ました。私はゴーグルをつけて、川の中を歩いていきました。足がつくギリギリのところから泳ぎ出そうと思ったのです。水面が首ギリギリまでのところまで歩いて行くと、つま先がふわふわと浮く感じがして、しっかりと石の上に立つことができなくなってきました。私はもうそろそろかなと思って、つま先に力を込めて石を蹴ろうとしました。一瞬のことでした。蹴ろうとした右足が石の上で滑ってしまったのです。私は何がなんだか分からなくなってもがきました。溺れてしまったのです。いつものように泳ごう泳ごうとするのに、どうしてもできないのです。手足が勝手にばたばたとしているだけなのです。不思議なことに頭はしっかりとしていました。川岸で私の方を見て「大丈夫」と叫ぶ子も「早く、早く」と吉田先生を呼ぶ子もいます。私はその光景をしっかりと冷静に見つめているのです。そして、もしかしたら笑われているのかもしれないと思い始めた頃、私は深く深く沈んでいったのです。いまでも覚えています。鼻の奥が痛くて痛くて、呼吸ができないことを忘れてしまうほどだったのです。私は水の中で水面を見上げました。不思議な世界でした。空が一瞬にして銀色に変わってしまったような、鏡に覆われているような、異様な世界でした。私はこのまま死んでしまうのだろうか、このまま魚になってしまうのだろうか、そう考え始めた頃、私の腕を誰かが摑みました。吉田先生です。私には何十分間にも感じられた出来事だったのに、それは一瞬の出来事でしかありませんでした。私は抱き上げられると「大丈夫か」と何度も頰を打たれました。みんな私の側に駆け寄って心配そうな顔をしました。私が「大丈夫です」と返事をすると「気を付けろ」と笑いながら言われました。私は恥ずかしさばかりが残る合宿を終えたのです。

私は夏休みの間中、あのときなぜもう少し早く泳ぎ出そうとしなかったのだろうかと考え続けました。考えても答えが出るはずもないのに、自分が溺れてしまったことを正当化するための理由を考え続けたのです。私の病気はその頃、すでに始まっていたような気がしてなりません。私も「溺れちゃった」と一言、おどけた感じで言うことができれば、みんなの笑いの輪の中に入れて、そこで終わっていたのだと思います。でも、私にはそんな簡単なことができなかったのです。

二学期の始業式の日、私は登校すると教室に向かっていました。すると近づくにつれて教室からガヤガヤと笑い声が聞こえてきました。私は何だろうかと思って走りました。教室まで走って、ドアを一気に開けると、一瞬にして笑いが止みました。同時に誰もが私を見つめているのです。私は瞬時に自分のことだと思いました。私は小さく「おはよう」と言って自分の席で小さくなって先生が来るのを待ったのです。ホームルームの時間が終わり、全校での始業式が行われる体育館に向かう途中、クラスの男子が私の肩を叩いて「お前が溺れたせいで、来年から合宿なくなるかもしれないんだって」と言って走り去っていきました。それから私の地獄が始まったのです。あれだけ仲の良かった友だちも、教室で笑っていると、私に向けられた笑いだと疑うようになってしまいました。それはますますエスカレートして、三学期に入る頃には誰とも話さない根暗な女の子になってしまったのです。

私はお祖母ちゃんに相談しました。辛いことや悲しいことがあると、私はいつもお祖母ちゃんの部屋に行って、お祖母ちゃんの横に寄り添って頭を撫でてもらうのです。「優ちゃんは優しい子や、本当に優しい子や」。私はその言葉をただ、聞きたかったのです。聞くことによってお祖母ちゃんだけは自分の味方であることを感じたかったのです。

私は来年から合宿がなくなってしまうかもしれないということを話しました。それはデタラメだったのですが、私はそれを信じてしまったのです。数日後、教室で一人の男子が私を呼びました。「あれ、高野のお祖母ちゃんじゃないか」と校庭を指さしました。私は急いで窓辺に駆け寄りました。お祖母ちゃんでした。お祖母ちゃんが何度も振り返りながら校門を出ていきました。噂はすぐに全校に広まりました。お祖母ちゃんは私のために合宿がなくならないよう、校長先生に話しに来ていたのです。私は恥ずかしくて仕方がありませんでした。家に帰った私は、お祖母ちゃんのいる部屋にランドセルを背負ったまま入ると「余計なことしないで。私恥かいちゃったじゃない」と罵ったのです。最後に「お祖母ちゃんなんか大嫌い」と言って部屋を飛び出しました。それから半月も口を利きませんでした。それ以来、お祖母ちゃんとは話していません。今日までずっとです。なぜなら半月後、心臓の発作で急に死んでしまったからです。私は大切な大切なお祖母ちゃんを殺してしまったのです。中学に入って私の病気はますますひどくなりました。学校へ行こうとするとお腹《なか》や頭が痛くなりました。お祖母ちゃんが死んで一年も経たないうちに、お祖父ちゃんは道路でトラックにはねられて、あとを追うように死んでしまいました。

私たち家族は、私の小さな小さな意地っ張りによってとんでもない方向へ進んでいったのです。お祖父ちゃんが突然の事故で死んでから半年ほどして、私たちは立川に引っ越して来ました。父が環境を変えるためにと思ってそうしてくれたのです。本社に転属願いを出して受理されると夜逃げをするように慌しく引っ越してきたのを覚えています。私はそれが自分の責任だと強く感じていました。幾晩も遙をなだめる父と母の声が私の部屋まで届いて来ました。私はベッドで蒲団をかぶって、ときどき泣き始める遙に謝り続けたのです。そして、連れられるようにして立川にやってきたのです。転校のあいさつもしませんでした。母がすべての手続きを済ませてくれたのです。引っ越しの当日も私は手伝うこともせず、作業が終わるまでお祖母ちゃんの部屋でポツリと座り続けていました。私は本当に人形のように手を引かれてきたのです。

でも、立川に来て、私は少しずつ元気を取り戻しました。その頃のことをよく覚えています。少し足を延ばせば映画館もあるし、買い物もできるし本屋もある。私は誰も自分を知らない人たちの中に入ることによって、少しずつ人に馴れていったのです。近くには昭和記念公園があります。いつ行っても花が咲いているし、私を知らない人たちがいっぱい行き交うのです。そのちょうどいい賑わしさから私は少しずつ自分を取り戻していったのです。

それからは、やっとあなたに話すことができた生活をしてきました。氷川の頃の何倍も大きな学校でしたから、友だちも日毎に入れ替わり、深い友だち付き合いをしなくても時間は過ぎていきました。ときどき昔を思い出してしまうと、身体のどこかの調子が悪くなって休むことはありました。休み時間はいつも図書館で過ごす身体の弱い一学生として、私の存在は薄く過ぎていっただけでした。誰かから私が無関心でいられることが、とても大切だと思い込んでしまっていた頃でした。でも、私の心の奥底ではいつも何かが私に語りかけていました。こんな私になるのは早いか、遅いかの問題だったのでしょう。ずっと、あの田舎に留まっていても同じことだったのだと思います。だからあなたにも敬子にも会うことができて、本当によかったのだと思っています。みんなに会わなければ、幸せな時間を過ごすことなくいまのようになってしまっていたでしょうから。変ですよね。私のこれからは全く分からないのに、私のいままではいつも危険がつきまとっていたのだと、他人事のように分かるのです。

あんなお別れの仕方をしなければ、私の病気が悪くならなかったのかというと、それは違います。私はこんなに人が大勢いる街に出てくる子ではなかったのです。就職をして、毎日の満員電車に乗り続けて、課長に叱られ先輩社員に陰口叩かれて、いまかいまかと私の病気は待っていたのです。それでも、あなたが東京からいなくなってもしばらくは大丈夫だったことを考えると、あなたが必ず何かしらの方法で迎えに来てくれると信じていたからなのでしょう。開けなくても、私宛に届いた手紙の山を見ているだけで、どこかで私のことを考えてくれる人がいるのだと思うことができましたから。やっぱり、私にはあなたの存在が一番だったのでしょう。絶対にそうだったのでしょう。誰か一人だけのことを考えるということは、大勢の誰かのことを忘れさせてくれることなのですから。

外科病棟を退院して、しばらく立川のクリニックに通院しているとき、私は本屋さんの心理学や精神病理のコーナーで何冊も自分の病気に関する本を読んだことがあります。私はその頃、自分の病気に対してとても興味を持ち始めていたことを覚えています。私のこの感情が、他の誰かから見ると普通ではないなんて、いくら先生や母から説明されても納得できるものではありませんでした。病気かもしれないと思って入院したのですが、どこかでそれを疑っていたのです。私は違う、私は違うと、いつも繰り返していたほどですから。私は私で、最終的に死へと導かれるこの感情は、誰もが思い悩むときにたどり着くのだと思っていました。誰もが隣り合わせの死と戦いながら生きているのだと思っていたのです。小さい頃は誰とも話をしたくないだけだったのが、大きくなって自分が生きていることを実感していく度に、死は身近なものへと生まれ変わっていっただけなのだと思っていました。こんな感情は富永先生に出会うまでは、先生に打ち明けることはありませんでした。感情を全て吐き出すまでには、先生のことを信頼していなかったからなのだと思います。だから、自分で克服できるものなら、そうしたいと思い始めていたのです。私はできるだけ大きな本屋さんで、専門書の並ぶ一角で辛抱強く立ち読みを続けたのです。いまの世の中で、この病気に苦しんでいる人は多いのだそうです。私のように行動に移してしまうと、診断する方法があるのですが、多くは日常堪え忍んでこの病気と共に生きているのだそうです。ストレス社会だからなのだそうです。本にはいくつかの治療方法が詳しく書かれてありました。薬の選び方からカウンセリングの受け方まで、いろんな名前の付いた治療方法が紹介されていました。家庭でできる気分転換方法とか、よく眠れる秘訣とか。私は自分が受けてきた治療について考えてみました。薬物療法もカウンセリングも受けてきました。私はどこがどう変わっていくのか分からない日々ばかりを過ごしてきたような気がします。切り傷が治った、頭痛が治まったといった自覚症状のない、長い長い時間を費やしてきたのです。

私たちの病気は突然の悲しい出来事や、トラウマから引き起こされる要因と、遺伝的に引き起こされる要因が主にあるのだそうです。そのとき、私は特に遺伝的な要因があるなどとは思っていませんでした。私の中に詰まっている悲しい思い出は、氷川の思い出だったからです。私がその遺伝という響きに、興味を引かれていったのは、原因を絞り込むために、家族全員がカウンセリングを受ける方法があることを知ったときでした。入院当初、私のカウンセリングのあと、母が先生から個別に話を聞かれていたことを思い出します。私は待合室の片隅で、いつもつけたままになっているテレビを何となく見ながら時間を潰していました。それがどれくらいの時間だったのかは思い出せませんが、私はただ母が私の病気のことについて聞かれているからなのだろうと思っていました。しかし、こうやって突き詰めて考えていくと、私の知らないところで、母に迷惑をかけていたのだと思います。母だけではありません。私がこうなってしまったことで、父や遙にも特別な世間の目は向けられていったのです。氷川からなぜ引っ越して来なくてはならなかったのか、私はようやく知ったような気もしました。それは一方的な思い込みなのかもしれません。でも、私を取り巻く環境は私を中心にして、少しずつその円が歪んでいったのだと思います。

退院して、立川駅近くの喫茶店でウェイトレスの仕事をし始めて何週間かしたころだったでしょうか。ある程度元気を取り戻していた頃でした。気持ちのいい夜でした。私はもう寝ようと思ってトイレに行くために階段を下りて行きました。もう十二時を回っていたでしょうか。居間の襖から細い光が漏れていました。テレビはついていないのだけれども、話し声が聞こえてきました。私は驚かしてやろうと思って、そのままそっと階段を下りて居間に近づいていきました。父と母が真剣に話し合っているようでした。近づくにつれて、その会話が私のことであることに気が付きました。私が入院した病院のこと、私の担当医のこと、私のこれからのこと、全てが私の名前が主語になる話ばかりでした。そして、母がぽつりと呟きました。「もう少し入院させて完全に治した方がいいのかも」と。

長い沈黙のあと、父が「優子は家がいいって言うんだから、仕方ないだろ」と少し強い口調で言いました。私はそれからの父と母の会話から、私のためにとても心労を重ねていることに気が付きました。いつも頑張れと言ってくれる母と、辛いことがあったらいつでも泣いてきなさいと言ってくれる父の本心を知ってしまったような気がしました。私は突然舞い降りてきたその事実に、戸惑いました。

次の朝、食事のときに私は母に夕べ大きな声で何を話していたのかと恐る恐る聞きました。少し間を置いてから、母は保険の話をしていたと言いました。父の会社で出入りの保険会社が替わるから、保険の移管の話をしていたのだということでした。保険の話からどうやって私の話になったのか分かりませんが、私は母に問いただすこともせず、再び箸を持ったことを覚えています。それから私は次第に父と母の気遣いが、とても重荷に感じてきてしまったのです。

私は戸惑いながらも、自分の居場所が本当に小さくなっているのだなと感じました。私の中に再び死が芽生えていきました。芽生えたというのは違います。随分と前から、私の中には死という言葉ばかりが居座っていました。ただ、その夜から、とても現実味を帯びたきらびやかなものへと移り変わっていったのです。いままでなぜそれを考えつかなかったのだろうかと思えるほど新鮮な響きでした。私の中で育っていった死という響きは、次第に私を占有していったのです。そして、いつしか私は自分の病気がそこへ確実に向かうものであることを、体で受け止めていきました。いま思うと、一度目の失敗をしたときと、二度目の失敗をしたときは、たどり着く感情は一緒でも、どこか違う入り口から入っていったような気もするのです。気のせいでしょうか。結局出口は同じことだと思えば、私にとって入り口とはたいしたことのない気の迷いなのでしょうか。

あの頃、こんな私の病的な考えをお話できれば、あなたはきつく叱ってくれたでしょうか。ときには泣き出すくらい激しく叱りつけてくれたでしょうか。間違っているのだと、誰かに言って欲しかったのです。誰かではありません。遠くに行ってしまった、あなたに言って欲しかったのです。

本当に長いメールになってしまいました。あなたにもっともっと話さなくてはいけないのに、もう胸がいっぱいで言葉が浮かんできません。あの頃話しておけばよかったといまになって後悔しています。私が過ちを犯してしまう前に聞いてもらうべきだった。いまほど私は自分のことを洗いざらい話せるときはありません。グループ討論のとき、今日書いたことも話したつもりなのに、泣けなかったのです。どこかで作り話をしていたからなのでしょう。でもいまは泣いている。私は本当に卑怯な女です。素直になれない不幸な女なのです。私は最近毎日のように考えることがあります。それは私の病気があの夏の出来事から続いているのではなく、私という一人の女が生まれる前から運命的に備わっていた宿病なのではないかということです。もしかしたら私はこうなることが本当に遺伝子の奥の奥に刻み込まれていたのではないかと、考えてしまうことがあります。妄想なのかもしれませんが、それが本当らしく思え始めたことだけは事実なのです。だから、何かの方法で私の妄想を断ち切らなくてはいけません。どんな方法なのか、あなたなら知っているのではないでしょうか。

高野　優子

Subject:申し訳ありませんでした
Date:Sat, 17 Jul 1999 16:17:36
From:"Youtarou" 〈Youta@acc-nagoya.or.jp〉
To:"Takano Yuuko" 〈yuuko02@tachikawa.or.jp〉

申し訳ありませんでした。今の私にはそうとしか書けません。先週の土曜日、私は慌ただしく支度を終えると、パソコンのスイッチを一週間入れられないことを覚悟しました。あなたからきっとメールが届くと知りながらも、私はどうすることも出来なかったのです。私は自分の今の状況をあなたに出来る限り伝えなくてはなりません。あなたの苦しみを知っていながらも私は自分の領域を守らなくてはいけません。それは祥子と順平という二つの命の他に、私の奥底に宿っているプライドとでも言うのでしょうか。男にとってそのプライドというのが一番厄介なものなのです。私はこの四日間の出張で、そのプライドを強く感じました。仕事へのプライド、家族へのプライド、それ以上に自分自身が納得いくまで貫き通さなくてはいけない高慢なプライドを意識したのです。

今度の大きな仕事、受注出来るのかどうか正直言って判りません。ただ、ここまでやり遂げたという少しの満足感があります。それと同時に、もしかしたらこの物件、受注出来ない方が自分のためになるのではないかとも思い始めました。大きくなり過ぎた話です。金額は東京での打ち合わせで五千万円も増えてしまいました。この物件を受注したらもう逃げることは許されません。会社で楽をさせてもらう代わりに、会社から抜け出せないという一つの重荷を背負うことになるのです。複雑な気持ちです。私の目標である中小企業診断士の試験も、もしかしたらこのまま受けずじまいになってしまうのではないかという危機感を持っています。私のプライドは唯一の夢まで奪おうとしています。しかし、この仕事が終われば、もう一度考える時間が出来そうです。そのときもう一度、自分が何をしたいのか考えることにします。私もこのままでは自分を見失いそうなのです。

来週の水曜日、最終の見積もりと提案書の提出があります。海の日の次の日です。役員会で最終的に決まるのは八月の初めだということです。今、その最終の提案書を手直ししています。先ほどまで、休日出勤で仕事をしてきたのに、家に帰っても解放されることはありません。明日の日曜日も一日、キッチンのテーブルの上か、この寝室の小さな机の上で仕事をするのでしょう。当分は順平の遊び相手もゆっくり出来そうにありません。これは私が唯一プライドをかけている何かなのかもしれません。

書き忘れるところでした。東京出張の二日目の午後、昼休憩をかねて二時間ほど会社を抜け出しました。山手線に飛び乗って、上野公園に降り立ちました。動物園の入り口から博物館へ続く公園通りの懐かしいベンチに座って、噴水を見て時間を潰しました。いつかのように水の噴き出す時間を何度も腕時計で計りながら、横に座っているあなたに話しかけました。「もうそろそろ、噴き出す時間かな」とあなたに語りかけると、あなたは「そうなの」と私を見上げながら、小さく微笑み続けたのです。

岩崎　洋太郎

Subject: 私は泣きました
Date: Sun, 18 Jul 1999 1:24:47
From: "Takano Yuuko" <yuuko02@tachikawa.or.jp>
To: "Youtarou" <Youta@acc-nagoya.or.jp>

私は泣きました。今日一日、涙が止まらず、ご飯も食べずに布団の中に潜り込んで、一歩も部屋から出ませんでした。今日一日というのは違います。正確に言うと、昨日の朝からなのです。一昨日、あなたにメールを送ってから、私はひどく落ち着きをなくしてしまいました。いつもの病気がやってきたのです。ひっそりと、確実に私を支配していきました。私はたまらなくなって母に薬をもらいに行きました。いつもの小さな白い錠剤です。体中の毛穴がざわざわ音を立てて、少し寒い感覚が私の体の奥からやってくると、眠たくなる合図です。久し振りに深い深い眠りでした。夢らしいものを見たのを全く覚えていないことを思うと、本当によく眠っていたのでしょう。気が付いたのは何時頃だったでしょうか。まだ暗かった頃ですから、朝の三時か四時かそれくらいだったのでしょうか。キッチンへ水を飲みに下りていったら、テーブルの上に母の文字で「冷蔵庫にご飯用意してあります」とメモが置いてありました。でも私は少しの空腹も感じていませんでした。水を飲むだけで精一杯だったのです。部屋に戻っても、私の心はなおも波打っていました。何をしていいのか分からない。眠ろうとしても眠れないのは分かっている。といって何もしたくない。入院して初めの頃によく襲われた気持ちです。私は何をしているんだろうか、私は本当にここにいるのだろうか、私は何がしたいのだろうか。その気持ちは落ち葉のように掃いても掃いても、追いかけっこをするように積み重なっていくのです。そうなると私の過去は問題ではなくなります。怖いくらいに病的になり、誰にも分からない私の心が、現実よりも深く広がり続いていきます。現実のことなど小さな出来事に過ぎません。私の中に広がる大きな世界が私を支配し始めるのです。私は椅子に座り、ベッドに腰掛け、布団に潜る。そして椅子に座りまた布団に潜る。何度それを繰り返したことでしょう。そうしていうちにふと、あなたの手紙を思い出しました。本当に突然の感覚でした。三年半の間にあなたから頂いた十三通の手紙です。私は無意識のうちに手紙の入っている箱を取り出して、一回読んだことのある一通目の手紙から順番に読んでいったのです。そして、次第に落ち着きを取り戻していき、昨日から続いた焦りが、実は手紙を手にすれば癒されることだったのだと、身をもって受け入れました。どこかで見たような光景がどこなのか思い出せない。どこかに片付けたはずなのに、どこなのか分からない。という私のこのいつもの感覚は、やはり過去のどこかの地点から導かれていたのです。ハサミを横に置いて、私は忘れてきてしまった長過ぎる過去の時間の中を泳ぎ出していったのです。

文字を追い始めた途端に、涙が出てきました。泣いて泣いて、本当に泣き続けたのです。私の現在は一瞬にして五年前の、あなたといつも一緒にいたときの幸せな時間に戻っていきました。戻ったのにもかかわらず、涙が止まらないのは、私の意識は五年前に戻ったのに、身体が現在のままだったからです。私は恥ずかしくなりました。あなたを裏切り続けたこと。あなたのお手紙を全て読んでいたら、私はもしかしたらあなたと一緒になっていたのかもしれないと夢を見たこと。私は現実を顧みることなく、夢心地に浸りました。あなたが何度も何度も名古屋に来ないかと誘ってくれたお言葉。会いに行きたいから連絡をくれないかというお言葉。恥ずかしながら、私はいまのいままであなたの新しい携帯電話の番号すら知りませんでした。でも、あなたと私は確実に繋がり続けていたのですね。私はそれを知らなかった。知ろうとしなかったのです。私の意地っ張りが知らそうとさせなかったのです。

何通目かの手紙です。あなたが名古屋に転勤になった理由が詳しく書いてありました。お父さんのことも、その後の看病のことも、亡くなられたこともいっぱいいっぱい涙が出るほどに書かれてありました。六月に入ってから、課長と何度も話し合って転勤を決意したこと。急なことだったので、あなた自身も混乱していて、私に詳しく話せなかったこと。全てが順序よく書かれてあるのに、私はこんなに便箋が色褪せてしまうまでそのままにしておいたのですね。なんて失礼なことをしてしまったのでしょうか。転勤前に私との会話が途切れてしまっていたことも、神経質になり過ぎた自分が悪かったと書いてありました。でも、悪いのはあなたではありません。私なのです。私はあなたが本当に冷たくなってしまったのだと、私のことを嫌いになってしまったのだと思い込んでしまっていたのでした。いったい幾つのことが重なり合って、意地悪して、あんなことになっていってしまったのでしょうか。世間知らずの、臆病な女でした。私はどれだけの勘違いを繰り返して、過ちを犯し続けたのでしょうか。

いま、一階にある時計が零時の鐘を十二回鳴らしました。父も母も遙も眠っているでしょう。静まり返った家の中で私のキーボードを打つ音だけが響き渡っています。先ほどからその音を誰かが聞いている気がします。微妙な音の変化で私がどのキーを叩いているのか、素早くメモにとって、あなたに書いているメールを誰かが読んでいるのです。でも、私は書き続けます。もっと、もっと書き続けなくてはならないのです。あれだけ時間があると思っていたのに、いまは違います。書いても書いても、私の時間は足りないのです。だからもっと書くことにします。あなたに話かけることにします。でも、これ以上人に聞かれるのは嫌です。少し待っててください。何か音楽をかけることにします。

迷ったあげく、ショパンのCDにしました。これで誰からも私の言葉を盗み聞かれることはないでしょう。安心してあなたにお話しすることができそうです。では、お話の続きに戻ります。ショパンの『幻想即興曲』が始まりの合図です。

あなたが転勤して一年経った頃頂いたお手紙。八通目のお手紙になるのでしょうか。毎年行われる創立記念日で、今回は一年振りに名古屋支店の全員が出席するということが書いてありました。私も覚えています。あなたたちが最前列に並んでいて、私たちが後ろの方に並んでいた式典の様子。休憩時間になると、私は急いでトイレに駆け込みました。駆け込んだといっても長い長い列が出来上がっていました。そこまではあなたも追いかけてこないだろうと、私は女性ばかりが占める領域で胸を撫で下ろしたのです。私はそんな会社の都合で再会するなんて、とても怖いことのように思えたのです。でも、あのあと、あなたが井の頭公園のあのベンチで一人、待っていたなんて。薄暗い公園の片隅で、きっと最終電車まで待っていたであろうあなたを思うと、私はなんてひどい仕打ちをしてしまったのでしょうか。お手紙には私が初めてメモ用紙を受け取ったときと同じように、一方的に時間と場所が書いてありました。「七時に井の頭公園のあのベンチで待っています」と。そのとき私は何をしていたのでしょうか。久し振りに会った敬子と渋谷でお酒を飲んでいました。あなたが蒸し暑い公園の片隅で、カップルばかりが囁き合っている公園の片隅で一人、タバコを吸いながら待っている。星すら冷たくあなたを見下ろしていたのではないでしょうか。長い長い、途轍《とてつ》もなく無意味な時間を私はあなたに強いてしまったのですね。あなたはどんな後ろ姿で帰っていったのでしょうか。あなたはどれだけ私に怒りを覚えて帰っていったのでしょうか。今更ごめんなさいなんて言えません。言ったとしても、少しの償いにもならないからです。私は自分が知らないところで、着実に罪を重ねていったのです。私に住みついている宿病が、私をますます卑怯な女に変えていきます。

そんな私をあなたはいつも心優しい言葉で包んでくれていました。私を何時間も待って、仕方なく帰っていったのに、次のお手紙では私との思い出を優しく思い出させてくれました。あなたが名古屋支店のお友だちと温泉へ行ったことが書いてあった手紙です。紅葉を見ながら露天風呂に浸かっていると、茂みの中からタヌキが出てきて、こそこそ落ち着きなく辺りを嗅ぎ回り、もとの茂みの中に帰っていったことが書いてあったお話です。私たちも東京で一度タヌキを見たことがありましたね。もうそんなことも忘れようとしていました。上野公園のベンチに座っていたときです。ゴミ箱の陰からどこかで見たことがある動物が出てきたと思うと、あなたは私の耳元で「タヌキだ」と静かに囁いたのです。私は初めてでした。動物園で見たのかもしれませんが、檻に入っていないタヌキは初めてだったのです。「都会の中で生きるのって大変やろうな」とあなたはタヌキに気を遣うようにこっそりと囁きました。すると、タヌキは一瞬私たちの方を向いてから、茂みの中に消えていったのです。「恥ずかしかったのかな」と私が言うと、あなたは「そうだったりして」と真剣に答えて、二人でいつまでも笑い続けたことを思い出しました。

私の中に宿る記憶の断片は、手紙を読み続けるに従って呼び覚まされていきました。それは私が唯一幸せだったと感じていた二年間のこと。それ以外の醜い記憶はしっかりと心の中に入っていて、忘れようとしても忘れられないのに、あの二年間だけが触れられないと思い出すことができないなんて悲しいことです。

少しお待ちください。とても気分が高まっていますからCDを替えてきます。サティのCDに替えてきました。少し気分を落ち着かせようと思います。

あなたのお手紙は、順平ちゃんが生まれて、少し経った頃のもので終わっていました。それでも一年半も前なのです。最後のお手紙から遡って二年前のお手紙、あなたが転勤して一年半ほど過ぎた頃のお手紙でしょうか。十三通の中で一番分厚い、便せんで十七枚にもなる長い長いお手紙の中で、あなたは唯一私に必ず返事をくれるように催促しています。それは高校時代同じクラスだった祥子さんと結婚するかもしれないということが書かれてあったお手紙です。あなたは最後まで私に気を遣って、私に愛想を尽かしたのではないと書いてあります。あなたにとって、急な決断でしたね。きっと書かれていたこと以上にあなた自身に何かがあったのでしょう。それは私への気苦労で、たまたま出会ったお友だちの祥子さんに愚痴でも漏らしてしまったのでしょう。あなたは自分を責めることはない。全く私に気を遣うことなんてなかったのです。失礼な女だと罵倒してくだされればよかったのです。でもあなたはそれすらしなかった。いまになってお話ししても遅いことは分かっています。でも、そうしてくださった方が、私はどれだけ救われたのか分かりません。なのにあなたは私が返事を書かなかったのにもかかわらず、数か月して再びお手紙をくれました。私の誕生日に合わせてお出し頂いたお手紙です。おめでとうで始まり、お身体に気を付けてくださいで終わる、丁寧なお手紙でした。

私はこれからあなたに対してどれだけの償いをしていけばよろしいのでしょうか。あなたに謝っても謝っても、果てることのない償いをどうやってしていけばよろしいのでしょうか。教えてください。どうか優しい言葉で慰めるのはやめてください。ひどい女です。どうか「許さない」と一言言ってください。そう言われた方がどれだけ心休まるでしょうか。あなたが執拗に続けてくれた「ユウちゃん」という問いかけに、私はもう答える方法を思いつきません。

数日前のあなたの上野公園での後ろ姿。もし私がそこを通り過ぎたら分かったでしょうか。五年という歳月は、きっとあなたも、私自身も悲しく変えてしまったのでしょう。もう、道端で行き違っても気が付かないほど、お互いのことを忘れてしまっているのかもしれません。あなたは写真が嫌いな人でした。写真に写ることを本当に嫌がりました。いまではあなたの姿が写った写真はもう一枚も見つかりません。どこかにあるのだろうとは思うのですが、とても怖くて押入れの中を探す勇気もありません。ひっそりと、私をどこかで見守ってくれるあなたであって欲しいだけなのです。だから、あなたの顔が浮かんでこないのです。あなたの存在はしっかりと心の奥底に留まっているのに、あなたの顔を正確に思い出すことができないのです。会うことができないのは分かっています。でも、あなたの存在をもう一度身近に感じたいのです。ただ、それだけなのです。

先ほど時計が一時の鐘を打ちました。サティの曲も何回も回り続けています。いまの私に似合っているのは『三つのジムノペティ』だけです。テレビドラマであれだけ悲しい曲だと思っていたのに、いまはとても心地よい曲です。この曲しか私を慰めてくれるものはなさそうです。ごめんなさい。書かなければならないと思って急いで書いてきたのに、振り返ると何をどう書いたのか分からないメールになってしまいました。もうごめんなさいとしか書けない私に明日の朝はあるのでしょうか。

今日、私は泣きながらあることを考えていました。もう一度入院をしようかということです。退院する日、富永先生はいつでも戻ってきていいんだよと言ってくれましたが、もう病院へは入りたくありません。どこか遠くの療養施設にでも行きたいと思っています。病院よりも長く長くかかってしまいますが、この街の、この空気の中ではない世界で、生きていかれるのかを探してみたいと思うのです。少し眠ったら母に話して、連れていってもらうつもりです。とても一人では電車に乗れそうにありません。あの電車の近づいてくる音と振動に、足がすくんでしまいます。そして、その恐怖に馴れてしまうと、ふとその音の中に導かれたらどれだけ楽になるのだろうかと、考えてしまうのです。

いまからそんなことを考えていて、今夜は眠れるのでしょうか。もし眠れなかったら朝一番にでも行こうかと思います。面会日ではないのですが、先生はきっと会ってくれると思います。今度こそ、本当によくなろうとして先生の言うことを守ろうと思っています。

入院生活は楽ではありません。今度入ったらいつ出られるか分かりません。でも、私は自分が病気であることを強く自覚しています。それだけでも進歩しているのだと思います。病院へ入院した方がいいのか、どこかの療養施設に入った方がいいのかは明日先生と話し合ってくることにします。だから、もしかしたらこれが最後のメールになるかもしれません。だから時間がないのです。でももう疲れてしまいました。私たちはメールの中で、過去に向かって歩いてきたのに、今はそれがとても無駄なことではないかと思えてきました。もう書けません。許してください。おとぎ話のように昔に戻れないことを、私はしっかりと認識してしまったのです。

それではおやすみなさい。お体に気を付けてお仕事頑張ってください。

高野　優子

Subject:元気を出してください
Date:Thu, 20 Jul 1999 23:26:07
From:"Youtarou" <Youta@acc-nagoya.or.jp>
To:"Takano Yuuko" <yuuko02@tachikawa.or.jp>

先ほど、休日出勤を終えて家に帰ると、祥子が気分が悪そうに椅子にもたれかかっていました。私は順平が寝ていることを確認して、祥子の横に座って背中をさすってやりました。何年振りでしょうか、看病のような真似事をするのは。順平がお腹にいるときに毎日背をさすって身体を気遣って以来でしょう。祥子は苦しいながらも食事の用意をして、眠ることなく待っていたのです。いつもなら私は「そんなことする必要ないから、眠っていなさい」と少し強い口調で言うのですが、今日は違いました。あなたの存在をすぐそこに感じていたからです。あなたは確実に私の中に住みついています。私の一番大切なところに、笑顔でちょこんと座っているのです。私が怒りを露にすると「そんなに怒ってもいいことないよ」と諫めてくれるのです。それがあなたの存在なのです。

私はなおも顔を歪める祥子に「もう寝なさい」と言いました。祥子は素直に寝室に入っていきました。電子レンジで夕食を温め、風呂にお湯をためていると、物音に起こされたのか順平が敷居の上に立っていました。いつものように「お帰りなさい」と言って、目を擦りながら立っているのです。「どうした？　眠れないのか」と言うと、順平は「ううん。パパが遅いから」と訳の判らないことを言い始めました。私は「もう遅いから寝なさい」と言って順平を抱き上げました。いつもならこんなとき、祥子が慌てて「パパは疲れているの」と言って順平を寝かせに行くのですが、今日は私がその役目を担ったのです。順平を寝かせるのはひと苦労です。私が寝かせるときはいつも何か話してくれとせがまれるからです。私のお得意の作り話を頭の中で作りながら話し始めると、順平は満足しながら眠ってくれます。あなたにお話ししたときと同じように、結末までたどり着くことのない作り話です。先ほどはカタツムリの話を作ってみました。カタツムリがある日、住んでいた木が切り倒されることを知ります。あと一週間です。そこでカタツムリは通り向かいの大きな木に引っ越さなくてはなりません。カタツムリは方法を考えます。雨の降る夜中に道路を渡れば進むスピードが増して、何とか車に轢《ひ》かれずに済むだろうとか。そして、カタツムリは五日目に降った雨の中、急いで木を下りて、道路に飛び出しました。中央の分離帯をやっとの思いで越えて、あと半分と思ったところで、大型トラックが近づいてくる地響きがしてきました。カタツムリは怖さのあまり殻の中に閉じこもってしまいました。続きを考えて少し黙り込んだところで、順平の寝息を耳にしました。この続きは、順平がせがんだら考えることにします。

子供の世話というのは本当に重労働です。体力だけではなく、気苦労もするのです。だからよく主婦が話すように、子供の世話をしているとあっという間に時間が過ぎていくというのがよく判るような気がします。

私は今回の提案書の仕上げを終えたことと、順平を寝かせたという満足感で、ビールを二本も空けました。遅い夕食でした。テレビのチャンネルを幾つも切り替えて、変わることのないプロ野球の結果を何度も見ながら、私は考えました。あなたに送るためのメールの内容をです。それが今書いている内容です。そして、私の耳はサティの曲へと向けられていました。聴きながら思うがままに書こうと決めました。透明な曲です。透き通った水のような曲です。水道水ではありません。どこか人が踏み入ったことがない、険しい山奥の泉の水とでも言った方がいいでしょうか。その水は強い酸性で、魚も生息することが出来ません。プランクトンも少ししかいません。ひっそりとして、水面は鏡のように静まり返っています。そして、それは一見、綺麗な水なのですが、飲んでしまうと腹痛を引き起こす危ない水なのです。それはあなたでもあります。限りなく透明に近い純度を手に入れたが故に、脆さを生じてしまった、そんな、水なのです。でもそれはとても優しい。誰もが忘れてしまった優しさなのです。あなたという優しさなのです。互いの侵してはいけない距離を知らせてくれる優しさなのです。誰もが水を掬って飲んでしまったらどうでしょうか。誰もがその水が美味しいものだと思ってしまったらどうでしょうか。誰もが心の中の悲しみを留めることなく、話してしまうことがいいことだと思ってしまったらどうなるのでしょう。私たちは人間ではなくなってしまいます。あなたはその優しさを教えてくれるのです。人間が、人間であるために、侵してはいけない領域を持ち続けることがどれほど大切なのかを教えてくれるのです。だから人は信じ合える。お互いの優しさを、怖さを知っているから信じ合えるのです。あなたは、そういう優しさを誰よりも多く持ち、教えてくれる女性なのです。どうか元気を出してください。あなたの優しさには偽りはありません。本当の優しさをあなたは持っているのです。

昨日、私はいつものように夜遅く帰宅すると、パソコンのスイッチを入れました。あなたからのメールが届いていました。今度のあなたのメールを読んで、そのときがとうとう来てしまったのかという思いに浸りました。あなたが私の手紙を全て読んでしまったことです。あなたとメールを交換してきたこの一か月と少しの間、私は何度あなたに手紙を燃やして欲しいと懇願しようとしたでしょうか。私は恐れました。あなたが私の手紙を読んでしまって、再びあなたを追いつめてしまうことになるのではないかと。そして、あなたが読んでしまった以上、私はもう一度、私の口からあなたに話さなくてはいけないことが出来たことを再認識したのです。祥子のことです。どうやって彼女と一緒になったのか、どういう過去があったのかです。すぐにでも返信を書かなくてはいけないと思いながらも、私は手を止めました。少し考えよう、考えて手紙でお話ししようと思ったのですが、考えて出た答えが、すぐにでも話さなくてはいけないということでした。それはパソコンの前に座って、メールを打ち続けることでした。

私たちは名古屋市内の同じ高校に通っていた同級生でした。高校二年生から卒業までの一年半ほど付き合っていました。私からの一方的なアプローチでした。手紙を書き、何度も電話をしてやっと交際が始まったのです。高校時代の交際です。今の高校生のように深い関係になることもなく、ただ休日に動物園に行ったり、雑誌で紹介されたケーキを食べに行ったりする程度の付き合いでしかありませんでした。私たちの時代はそれが普通でした。どれが普通でどれが普通でないのか、その尺度は難しいですが、私たちはそれで幸せだと感じていました。時間は過ぎていきました。大学入試で忙しくなると、お互い塾へ通うようになり、会うのも二週間に一回ほどになっていきました。

私が東京の大学へ行き、彼女が名古屋の大学へ進学しました。互いに進学して、夏頃まで電話や手紙でやり取りしていたのですが、そのうち連絡も取らなくなっていき、次第に遠ざかっていきました。東京のあの騒がしい人の流れに身を任せているうちに、私の中から祥子が消えていったのです。もう六年近く会うことがありませんでした。それが私が東京から名古屋に転勤して二か月ほどした頃でした。得意先から得意先へ向かうために、伏見の地下鉄のホームで電車を待っていたときに偶然彼女に出会ったのです。何気なく目を向けた反対側のホームに見覚えのある女性が立っていました。私は小さく「祥子」と叫びました。周りを気にしながらも、なおも叫びました。祥子は気が付きませんでした。私は腕時計を見て、アポイントの時間までにまだ余裕があることを確認すると、走って連絡通路へ向かいました。階段を駆け下り、カビ臭い連絡通路を呼吸を止めて走り抜けました。列車が到着して、ドアが開いたところで私は祥子の肩を摑んだのです。祥子は「あっ、久し振り」と一言呟いて、急いでいるからと、その電車に乗って行ってしまいました。どこかの会社の制服を着ていました。事務の仕事か何かをしているのだと、私は懐かしい彼女の長い髪の毛を、遠ざかっていく窓越しに眺めて見送りました。それから数日して、私の実家に祥子から電話が入りました。この前はごめんという電話でした。何年振りかに長話をしました。会わなかった六年間を懐かしむ友人のようにあれこれと話し続けたのです。恋人ではなく、友人のようにです。一か月ほどしてから一度だけ会いました。二人でコーヒーを飲んだだけです。彼女には結婚を考えている人がいました。淋しい再会でした。それきり彼女からは連絡がなくなりました。私があなたに執拗にまで手紙を書いていた時期です。それが彼女のことも忘れてしまった半年ほど経った頃、夜中に携帯電話に見慣れない番号で着信がありました。祥子が泣きながら電話をしてきたのです。すぐに会いたいというものでした。私は翌日の出勤を気にしながらも「これから行くよ」と言って、車を走らせました。大学時代から交際していた一歳年上の男性と別れたのだと祥子は話しました。

理由は問いませんでした。私は祥子を慰めながら、何故か深い沼に呑み込まれていく感覚を覚えました。私もただの一人の男でしかなかったのです。私は祥子を夜のドライブへと誘いました。とにかく祥子の気持ちを落ち着かせなくてはいけないと思いました。深夜の高速道路を走らせ、知多半島の内海まで海を見に行きました。私たちはただ黙り続け、時折対向車線を勢いよく走る車のヘッドライトに手を翳《かざ》すくらいの動作しかありませんでした。遠くを行き交う貨物船の明かりも、微かに響いてくる汽笛も、ただの風景でしかありませんでした。私たちは黙って海を見て、黙って帰るために車に乗り込んだのです。何も話すことはありませんでした。祥子に恋心を抱いていたわけでもありません。何故なら、私は行きも帰りもあなたのことを考え続けていたのです。横に乗っている祥子があなただったらどれほど幸せだろうか、もしそうだとしたら今すぐにでもあなたを抱きしめて、もうどこにも行かないように束縛したいと考え続けていたのです。その妄想はますます膨らんで、次第に私は祥子が高野優子であるように思えてきたのです。あなたと喧嘩したあと、私もあなたも気まずくなってただ黙り続けているだけだと。そして、海沿いの道路の途中でスピードを緩めて、祥子に「いい?」と尋ねました。海沿いにあるホテルの明かりを見ながら、私は祥子の手を握りました。祥子からの返事はありませんでした。私はほとんど車のない地下の駐車場に降り立つと、ごく自然に祥子の手を引きました。いつもあなたにそうしたように、指先を絡めてどこにも行かないようにしながらも、一度も振り向きませんでした。もう私にはあなただけが全てでした。海際の部屋で朝まで過ごす時間はとても長いものでした。確かに私はあなたと数時間を過ごしました。あなたはいくら言葉をかけても泣きやまず、甘えて身体を私に預けてくるのです。

朝方、少しだけ開いたカーテン越しに陽が射し込み、私を現実の世界へと引き戻しました。カーテンを開けて海を見下ろしました。朝日を受けた海面が反射して、辺りを白く浮かび上がらせていました。どこまでも白いシーツに包まれているような海原は、私のこれから進んでいこうとする草原であり、いつまでもそのままにしておきたい雪原のようでした。私はその神秘的な光景をあなたに伝えようと振り向きました。しかし、ベッドに横たわって長い髪を乱している女性は、あなたではなく祥子でした。私は慌てて駆け寄って「ごめん」と小さく謝りました。すると祥子は「いいのよ」とシーツに顔を埋めたままぽつりと呟きました。私の昨夜の妄想は、高校時代、キスしかしていない祥子の身体と、抱かれる度に身体を硬直させるあなたの身体を区別してくれなかったのです。それから私たちは度々会うようになりました。いつも海を見に行きました。見ながら隠し事をすることなく、全てを話し合いました。あなたのこと、高校時代のこと、これからのこと、全てを祥子に打ち明けたのです。祥子は時折あなたについてこんなことを言いました。「私も男だったら、その優子さんのことをいつまでも思い続けると思うよ」と。そして「私が優子さんになってあげるから」と、祥子は海を見ながら呟きました。私はとても避けられない現実を目の前にしたような気がして、足下の乾いた砂を掬い上げて握りしめました。

そして、私の心の中からあなたが遠ざかっていき、代わって祥子が入り込んできたのです。自然に結婚し、自然に子どもが出来て、ごく普通の生活が始まりました。あなたが東京で入退院を繰り返し、その度に慌しい香山さんからの連絡がなければ、ごく普通の生活の始まりでした。

申し訳ありません。今になって、あなたに伝える必要のない話をしてしまいました。ますますあなたを傷つけるかもしれないと思いながらも、私のこの気持ちを抑えることが出来ませんでした。あなたは私を恨むでしょうか。恨みながらもまた、病院のベッドの上で私のことを思い出してくれるのでしょうか。あなたにも私にも時間はまだ残されています。過去は逃げていきません。いつかまた、ゆっくりと過去を回顧し、思い出にするときが来るでしょう。そのときまで、私たちの話はお預けです。だからゆっくり休んでください。

明日、私は今までに味わったことのない緊張の中で最後の提案をしてきます。作成した提案書が頭の中に浮かんで仕方がありません。現在、私が持っているプライドをかけて、明日、私は一つの舞台に立つのです。

それではまた。

岩崎　洋太郎

Subject: 頑張ります
Date: Wed, 21 Jul 1999 9:11:56
From: "Takano Yuuko" 〈yuuko02@tachikawa.or.jp〉
To: "Youtarou" 〈Youta@acc-nagoya.or.jp〉

昨日、私はまた泣きました。この前、あなたのお手紙を全て読んでしまって、泣き続けたのに、また泣いたのです。何年も前に涙なんか枯れてしまったと思ったのに、私の涙のタンクはいつも溢れそうな涙で満たされているのです。でも、泣いたあとのこの心の落着きがどこからやってくるのか、私はやっと分かったような気がします。一夜明けて、昨夜泣いた原因を考えても小さなことでしかなかったと、私はいま思い出しているのです。泣くことは素敵なことなのです。私にとって泣くことは嫌なことを忘れさせてくれることなのです。小さい頃、お祖母ちゃんの前で、あれだけ平気に泣くことができたのは、きっと泣くことは辛いこと、悲しいことを忘れさせてくれることだと知っていたからでしょう。「もっと泣きなさい」とお祖母ちゃんの優しい声が耳元に届いてきます。だから、昨日の涙も、その前の涙も、きっと耳元でお祖母ちゃんが「優ちゃん。もっともっと泣きなさい。泣いていろんなこと忘れようね」と囁いてくれていたのです。

先ほどから神社の方から聞こえるアブラゼミの鳴き声に混じって、ミンミンゼミの声が聞こえ始めました。東京で聞くのは久し振りのような気がします。一匹だけなのに、澄ました声は、氷川での懐かしい光景を思い出させてくれます。山から麓へ下りてきて、悠々と響かせる声に、町の男の子たちは我先に、捕まえようと網を持って追いかけていきました。残された私たち女の子たちは、ただ立ち尽くして行方を見守っていたものでした。私はとても冷静です。いま起きたばかりなのに、頭はすっきりとしています。そして、昨夜の涙が、小さな私の意地っ張りで流した涙だったと、何度も何度も反省しているのです。

昨日、富永先生は診察日の水曜日でないのに快く会ってくださいました。朝一番に母が病院へ電話をして、十一時に面会ができるよう申し込んでくれたのです。私は母の背中を見つめながら病院の長い廊下を歩きました。いつもあれだけ先生に会うことを楽しみにしていたのに、昨日はダメでした。先生に会いたくないのです。部屋に入っても言葉が出てきませんでした。母が私のことを先生に話しているのを、うつむいて聞いているのが精一杯でした。母はひたすら私がどこかの療養施設に入れるように先生に頼んでくれました。母も私の口から病院の入院生活が楽ではないことを感じ取っていたのだと思います。しばらくして、先生は母から私に目を移して「そうしようか」と一言言ってくださいました。昨日の私には慰めの言葉も必要ありませんでした。ただ、そうしなさいと、命令されることが一番楽なのです。先生は友だちが働いている施設があるからそこに頼んでみると言ってくださいました。病院をあとにした私は黙ったまま電車に乗りました。昼時というのに、女子高校生が電車に多く乗り合わせました。その中の一人が汗ばんだカッターシャツをパタパタはだけるようにしていて、携帯電話で誰かと楽しそうに話し出しました。そのほかの人たちは鞄から通知票を取り出して見せ合いを始めました。世間はもう夏休みが始まってしまいました。私の嫌いな嫌いな夏がもうやってきてしまったのです。私は母の横で、叱られたあとの幼い子どものように、時折辺りを気にして見渡しながらも、うつむき続けました。西立川駅を降りると母が「買い物して帰りましょうか」と言って、私をスーパーへ誘いました。夕食の買い物でした。「何がいい？　今夜食べたいものある？」と母は努めて優しく問いかけてくれるのに、私にはそれがとても苦痛でした。母の優しさを素直に受け止められないからです。母の優しさに応えることが必要だと分かっているのに、それができないのです。私は精一杯気持ちを引き締めて、小さく「ケーキが食べたい」と答えました。母は「そう、じゃあ帰りにあそこのケーキ屋さんで買っていきましょうね」と言いました。私はそのとき、あなたにいままでに送り続けたメールのことを考えていました。私は誰に話しかけ続けていたのだろうかと。岩崎洋太郎という男性に話しかけていたのでしょうか？　いまになって、それがもしかしたら違う誰かなのかもしれないと思い悩んでいます。それは私が唯一信じている得体の知れない何かなのです。あなたかもしれないし、お祖母ちゃんなのかもしれないし、神様なのかもしれない。違います。私は神様でさえ信じられないのです。いまの私にとって問いかける相手はそんなあやふやな何かでしかないのです。ただ、この問いかけているものは文字が連なっていくだけの画面であって、それがクリックするとあなたに届くというだけなのかもしれません。あなたの言われた「信じられるということは誰かの重みを感じることなのかもしれない」という言葉。私は再び心の中で繰り返しています。私は自分以外の誰かの重みを感じたいのです。ただ、重いとか、軽いとか、それだけでいいのです。それが温かくなくても、優しくなくてもいまはいいのです。私にはそんな感情だけで十分なのです。

　私は夕食のうなぎ丼を食べ終えて、ケーキを目の前にしました。久し振りのケーキでした。もしかしたらもうこの家には戻ってこられないかもしれないと思わせるものでした。最後のお別れに出されたケーキ。私はフォークで真ん中に悠然とのっている苺を突き刺しました。平和そうに苺だけがクリームの上で胡座《あぐら》をかいているのです。それを見ていた遥が私の方を見て「きっとよくなるよ。お姉ちゃんの顔色悪くないから」と言って、コップにオレンジジュースをなみなみとついでくれました。私はそれを右手で受け取りました。それは右手で受け取った瞬間、私はふとあることに自分を賭けてみようかと思いました。それはこのオレンジジュースが一杯に入ったコップを左手で持って飲むことができたら、私はきっとよくなる。もしできなければきっとよくならない。そう自分を賭けたのです。私の左手首にはうっすらとミミズ腫れのような傷跡があります。消そうとしても一生消すことができない、私の過ちの傷なのです。私はコップを恐る恐る左前に置きました。そして、ゆっくりと左手でコップを持って、口まで運んだのです。口まで運ぶのは順調だったのに、それ以上はやはり無理でした。一瞬のことでした。コップは私の身体にオレンジジュースを全部かけ終えてから床に落ちていきました。コップが異様な形で割れる光景を私はしっかりと見つめていました。私はそれに反応するように泣き出したのです。長く長く悲しい気持ちでした。私は賭けに負けたのです。もうよくなることがないと信じ込んでしまったのです。だから悲しいのです。母が慌ててタオルを持ってきてくれたのに、私は自分で拭くこともできませんでした。母と遥に私は拭かれ続けたのです。

私の左手の外見は普通の人と全く変わりがありません。運動不足で少し細いくらいだけなのです。外見は全く変わらないのに、もう重いものを持ち続けることができません。外科の先生は訓練すれば治ると言ってくれたのですが、そうする気持ちもありませんでした。私は左手の不具を素直に受け入れてしまったのです。左手はもう飾りなのです。軽いものしか持てない飾りなのです。生まれたときに複雑に入り組んでいたはずの神経が、少ししか繋がっていないからです。だから重いものを持つことができないのです。私の左手は時折小刻みに震え、もう自分の意志ではどうすることもできないのです。アルバイトをしていたときもそのために辞めさせられました。ウェイトレスのアルバイトをしていて、何度お盆を落としたでしょうか。何個コップやお皿を割ってしまったのでしょうか。私は変だと思って外科の先生に相談しました。すると神経の接合の件について長々と話されたのです。私は普通の簡単な仕事すらできない身体になってしまったのです。もう、社会へなんか出ていけない身体になってしまったのです。

あの夜、私を発見したのは遙でした。私はそれを知っていました。食事中、遙があとで私の貸したユーミンのCDを返しに来ると言っていたからです。何気ない普通の夕食の光景でした。私もいつもの自分のはずでした。でも、何かが違っていたのです。私は夕食を終えて、お風呂に入るとパジャマに着替えてしばらく居間でテレビを見ました。少しして、会社から持ち帰った仕事を思い出して二階へ上がっていきました。机の前で、先輩社員から頼まれた丸の内支店の社内新聞の清書を始めたのです。おいしく安いランチの店、得する買い物情報など、毎回変化のない文字を書いているうちに私は腹が立って仕方がなくなりました。どうして私だけがこんな頼まれごとを受けなくてはいけないのか。ただでさえも月末は毎日八時過ぎまで仕事をしなくてはいけないのに、と考え始めたらもうボールペンを握ることはできませんでした。時間だけが経っていきました。遙はまだ来ませんでした。早く来て私の愚痴を聞いて欲しいという気持ちがあったのです。そして、ベッドに横になったり、ラジオを聴いたり、本を開けたり、落ち着きなく部屋の中を歩き回りました。そのうちに、ああ、やっぱりやらなきゃ叱られると思い立って、仕方なく机に向かったのです。私の「やらなきゃ、やらなきゃ」という気持ちは次第に「やりたくない、やりたくない」に変わり「仕事に行きたくない、行きたくない」に変わり、最後に「死なない、死ななきゃ」に変わっていったのです。いつものことです。私が死にたいと思うのは。ただその夜違っていたことは私がやってしまったことだけだったのです。

私は机の一番上の引き出しからカッターを取り出すと、左の手首に当てました。何度も何度もシミュレーションしてきた行為です。でもそれまで一度も力を入れませんでした。怖かったのです。怖くて怖くて仕方がなかったのです。でもその日は不思議に怖くありませんでした。それがなぜだったのか、病院のベッドの中で考えたことがあります。多分、遙が部屋にやってくることを知っていたからです。私を見つけてくれると分かっていたからです。リストカットしても死ねないことくらい私だって知っています。なのに私はやってしまいました。それが自分を示す神聖な行為、自分の存在を確かめるただ一つの行為だと思ってやってしまったのです。頭の中で繰り返される「死ななきゃ、死ななきゃ」というリズムにのってスッと右手に力を入れました。きれいな血でした。本当に真っ赤な血が私の体の中から溢れるように出てきたのです。手首をぐるっと一周した血は、手首からポタポタと机の上に落ちて、原稿用紙の上でますます赤く輝いてから、私の膝の上に流れていきました。私はとても冷静でした。机が私の方に向かって少しだけ傾いているのはなぜだろうかと考えたことを覚えています。きっと私の体の重みで絨毯《じゅうたん》がへこんでしまったからなのだろうと思った頃、私は血を流しているという事実に気が付きました。私の中にまだこんなきれいな血が流れていたのかと思えるほどきれいな血でした。どれくらい見ていたでしょうか。しばらくすると血が止まってしまいました。手首を動かしても全く血が出てこないのです。切り口で血が固まって、動かす度にひりひりとする痛みが体中を走りました。そのとき、私は何を考えていたのかいまでも怖くなります。どうしてももっと自分の血を見なくてはいけないと思い始めたのです。そして、再びカッターを当てました。血は切る度に黒くなっていくようでした。新しい血が、固まってしまった血を押し出してあとからあとから出てくるのです。何度か同じ行為を繰り返しました。すると、何度やっても出なくなってしまいました。本当に私は冷静でした。もうこうなったら死ぬしかないと思って、動脈まで切ることを決めたのです。私は右手の人差し指と親指でカッターをしっかりと摑むと、そのほかの指でしびれた左手を支えてベッドに寝転がりました。そして、少しだけ天井を見上げて呼吸を整えてから、思い切ってカッターを引いたのです。動脈からはぴゅうぴゅうと、いままでよりいっぱい赤い血が出てきました。ベッドの上は一瞬にして赤いペルシャ絨毯のようになって本当にきれいでした。ただ、一つだけ私の予想と違っていました。血と同時に私の白い小さな脂肪が見え始めたのです。それまでも見えていたのかもしれませんが、私は初めて気が付きました。ぶつぶつした気持ちの悪い私の一部でした。私は最後まで隠すことができない醜い自分を見てしまった気持ちになって、再び天井へと目を逸らしました。そして、次第に気が遠くなっていったのです。

私は病院のベッドの上で二日後に目を覚ましました。静かな朝でした。雨が激しく降っていた朝だったと覚えています。ベッドの頭の横に私の大好きなあじさいの花が生けてありました。私は冷静に、ああ、梅雨の時期かと思ったのです。話せるようになるまでに五日かかりました。その後、先生から何度も理由を尋ねられました。私はただ「なんとなく」と答えるしかありませんでした。本当になんとなくでしかなかったのです。

その後の先生の話で、私はかなり危ない状態だったことを知りました。意識レベル三〇〇までになったそうです。意識レベル三〇〇というのは、痛みや刺激に対して全く反応を示さない状態のことです。私は手術台の上で、何度も何度も針であちらこちら突っつかれたそうですが、生きている反応を示さなかったのです。リストカットでここまで危なくなった人は久し振りだと言われました。多くの人が切っても血が固まってしまって、死ねないことに気が付くと、怖くなって病院に飛んでくるのだそうです。私の場合は、何度も切ったのが危なくなった原因だったのです。

不思議なことに、私はそのとき本当に死のうとしたのか、そうでなかったのか、いまでもよく分かりません。本当にただなんとなくでしかなかったのです。二度目のときも私を担当してくれた先生に「またやっちゃいました」と悪びれずに言ったことを覚えているのです。私はそれが過ちであると気付くまでに時間を使い過ぎました。もう今度の九月で二十八歳になってしまうのです。過ちを過ちと認めることに私は二十八年間もの月日を費やしてしまったのです。こうやって、二十四歳のときのことを冷静に考えている自分が不思議です。この三年間で私は変わったのでしょうか？　よくなったのでしょうか？　いまは分かりません。なぜなら、私が病気であると知らされた三年間だったからです。私の始まりの三年間だったのでしょう。

私はいまとても落ち着いています。こんなに心の中が落ち着いている自分が不思議です。先ほどから何度もパソコンのキーを打つ手を休めて考えています。そして、落ち着いているのは多分、あなたにお話ししなくてはいけないことの、ほとんどを話したからなのだと分かりました。こんな方法ですが、あなたに何一つ隠すことなく話してしまったからなのです。私は何一つ偽ることなく、全てを伝えることができました。よく、犯罪者が全てを自供すると気持ちが安らいで、更生しようと努めるのと同じように、私もいま、本当によくなろうと自分で決心しています。これからの一年一年を意味あるものにしようと思っています。それには左手首のリハビリもしなくてはいけないし、もう一つ何か大きな障害を乗り越えないといけません。何かは分かりません。とりあえず、富永先生が紹介してくださった埼玉県の施設を来月の初めに見学に行くつもりです。先生のお友だちが働いているということで、すぐに入ることは可能なのですが、先生はそれはダメだと言いました。私がまだまだ感情で動いているからだそうです。せめて二週間ほど時間を置いて、心をしっかりと切り替えなさいと言われました。行き忘れた場所がないか、食べ忘れたものはないか、そんな小さなことを一つずつ塗りつぶして、心の中をできるだけ空っぽにしなさいと言われました。だから、私もそのことで頭がいっぱいです。渋谷にも新宿にも、敬子を連れ回して行ってこようと考えています。そして、どうやっていままでの二十八年間の自分から切り替えることができるのか、私はそのことを考えようと思っています。敬子からいつものように「あなたの面倒ばかり見ているから、私には全くいい人が寄ってこないじゃないの」とからかわれるでしょうが、あと二週間だけ我慢してもらいます。敬子にも少し前からいい人ができたことくらい、私にも分かっているのですから。

私はけじめをつけることができたら、これからきっとよくなるのだと信じています。きっと、あなたと過ごした頃の私に戻れるのです。だから、頑張ります。私が施設から出てきたら、きっと会ってください。今度は生まれ変われるような気がするのです。

昨夜、私は久し振りに男性に抱かれました。父です。オレンジジュースで濡れてしまって、お風呂に入ってパジャマに着替えてから、居間で父の胸の中で涙が止まるまで泣かせてもらったのです。温かく、ずっとそこに居続けたいと思わせる大きな胸でした。そして、もう一度あなたに抱かれたいと思いました。あなたの一部になりたい。祥子さんや順平ちゃんは私たちには関係ありません。ただ、私はあなたの一部になれるなら一〇パーセントでも五パーセントでも一パーセントでもいいのです。あなたが永遠に忘れることができない、あなたを占有した女の一人になりたいと父の胸の中で思い続けました。

退院して、どこかの公園であなたとベンチに座っている密かな夢を見始めた頃、私はようやく泣きやむことができました。もう寝ようかと思って父に「ありがとう」と言って身体を起こしました。父は微笑んでいました。微笑みながら、先ほどからつけてあったテレビの歌番組を見ていて考えていたのか、父らしくないことを言いました。「そういえば、モーニング娘の一番若いの、やめたんだってな。勉強がしたかったんだってな。若いのにいろいろと考えてるんだな」と。

そうです。誰もがいろいろと考えているのです。私もいろいろと考えているのです。サティの曲を聴いて、難しい本を読みながらいろいろと考え続けるのです。そして、もう一度あなたに会うことができる女に生まれ変わるのです。

くれぐれもお身体には気を付けて、お仕事頑張ってください。

高野　優子

P.S.

あなたにお別れをと思って件名の所に「さようなら」と書いたのに、書き進めるうちにそれがとても似合わない言葉に思えてきました。だから書き終わって「頑張ります」に書き変えました。このメールを読み始めて、きっとあなたはその不釣り合いな言葉に戸惑うかもしれません。でも「頑張ります」が私の本当の気持ちなのです。

おやすみなさい。

Subject:きっと元気になれます
Date:Fri, 23 Jul 1999 22:45:12
From:"Youtarou" 〈Youta@acc-nagoya.or.jp〉
To:"Takano Yuuko" 〈yuuko02@tachikawa.or.jp〉

とうとうあなたから「さようなら」という言葉を受け取ったのですね。とても尊い言葉です。そして、何度も噛みしめて「さようなら」と言葉にしてみると、私たちが初めて使う言葉であることに気付きます。鎌倉からの帰りも、あれだけ黙り込んでもう会えないのかもしれないと思いながらも、さようならとはどちらも言わなかった。さようならの次の言葉は何が隠されているのでしょうか。また明日でしょうか。また今度でしょうか。またいつかでしょうか。いずれにしても、誰かにさようならと言えたのならば、きっといつか会えるのではないでしょうか。小学生のころ、また明日学校へ行けばいつもの顔が揃っているのに、下校の時間になって、ひとりふたりと道を違えて帰っていく友だちを、いつまでも手を振ってさようならと見送ったものでした。今度の私たちの別れもきっと、そんないつもの別れなのでしょう。親の都合で転勤があったり、留学してみたり、個々の事情はあるものの、いつか再会できる別れなのでしょう。

あなたのお話の中から、入院生活が容易でないことはひしひしと感じています。これからあなたが立ち向かう困難に対して、私が今現在直面しているものがいかに些細なことであるのか知らされます。あなたの苦しみに比べたら、私が取りかかっている仕事や境遇など、悩むに値しないのかもしれません。世の中の流れに身を置いているだけで、私たちは何となく生きていくことが出来る時代です。あなたが克服していかないといけない過去の自分は、誰にも流されないあなた自身の中にしかないのですから、どれだけの壁なのか私には想像すら出来ません。しかし、あなたはあなたの、私は私の向き合う現実を、これからの自分たちの未来へ向かうために見極めなければならないと思っています。私の現実とは、祥子とともに生きていき、順平に私たちの記憶を受け継いでもらうことです。そのためにも、私は毎日の小さな繰り返しを大切にしていかなくてはならないと思っています。あなたに話し続けてきた今度の大きな仕事、あなたのおかげでとても明るい方へ進み始めたことを、はじめにお伝えしなくてはなりません。

昨夜遅く、残業をしていると私宛に電話がかかってきました。システム提案中の会社の担当者からです。二十一日に提案書と見積書を提出したばかりで、まだ役員会で結論が出ていないのに、何の用事かと戸惑いを感じる電話でした。十時少し前だったと記憶しています。私より少し前に帰った課長が飲みに行かないかと誘いに来たとき、腕時計を見たら九時半くらいでしたから、それから三十分は経っていたでしょう。

この大きな提案を最後まで一人でやり遂げ、これで終わったという思いと、何か大きいものから解放されたという安心感がありました。私は今度の提案書作成に時間を取られて、延び延びになっていた別の会社の労務管理システムの提案書を作成していました。小さな会社の労務管理システムで金額もたいしたものではないのですが、ここで気を抜いたら頑張っているあなたに申し訳ないと思って、前日の夜から取りかかったばかりでした。東京に行ってもあなたに会おうとしなかった余裕のなかった自分を咎めるように、私は仕事で我を忘れようとしていました。私も皆と一緒に夜の街で思う存分飲みたいのは山々です。今日だけと思う気持ちはたやすいですが、それをさせない何かが昨夜の私にはありました。課長に「申し訳ありません。取り込んでいるんで」と言って、帰ってもらうときの虚無感を、私は東京で頑張っているあなたの笑顔を思い浮かべることによって慰めました。これからもこの思いは続いていくような気がします。仕事が辛くなればなるほど、あなたは私の前に現れて「頑張らなくても」と呟いてくれそうな気がするのです。

夜遅くにかかってきた電話は、執拗に鳴り続けました。いつもならこんな夜中に非常識な電話だと放っておくのに、昨夜は違いました。私宛の電話であることをどこかで感じ取っていたのです。私は全く人影がなくなってしまったフロアを見渡してから、しばらく受話器を見下ろし、取ろうかどうしようか迷いました。なにしろ夜の十時近くに私の課の電話だけが鳴っているのです。私は背を正してから、おずおずと手を伸ばして受話器を取りました。いつのまにか聞き慣れていた得意先担当者の声でした。しかし、いつもの堂々とした口調ではなく、細々と、内緒話をするような話し方でした。「やっぱりいると思った」から始まり、遅くに電話をしたことを何度も詫びてから、実はと本題に入っていきました。「昨日、出してもらった見積もりだけど、もう少しだけ値段下げてもらえないかな」と小さく言われたのです。私は訳が判らずに「どういうことですか?」と直ぐに聞き直しました。すると「君のところともう一社のどちらかでは決まったんだが、見積もり額に問題があるんだ」と言いました。私はすかさず「今回の提案はあくまでも概算予算でしかないはずです。今後受注が決まってからその都度、各支店、各課ごとの正確な金額の提示をすることになっていたはずですが」と何度も担当者と確認したことを思い出しながら返しました。すると「それはそうなんだが、少し状況が変わってきてね。社長から直々の指示が今日の昼過ぎにあったからなんだけど、もう一社の提出した見積もり額近くまで下げてくれれば、ほとんど君のところで決まると思うんだ。まだ、はっきりしたことはここでは言えないんだがね。来週の初めにでも、とりあえず値段を下げて再提出してくれれば、すんなりと決まるかもしれないんだ。まあ、その後の金額訂正は十分覚悟しているけどね」と古い友人のような口調で言われたのです。私はその言葉を聞いて、身体の力が抜けていくのを感じました。身体中が熱く変化していったのです。面接中の学生のように、気持ちが宙に浮いたような状態に陥っていました。もしもしと何度も問いかけられて、やっと我に返ると「いつ頃正式に決まるんですか?」と質問していました。来週の終わりには内定が社長承諾で出るのだそうです。その後、来月初めの役員会で正式に決裁が下りるのだそうです。最後にこんなことを言われました。「君の最後の話に社長がえらく感慨を受けてね、もう半分以上他社に決まりかけていたんだが、社長の一言でひっくり返ったんだ。まだまだ小さな声でしか私も言えないんだが、金額を下げてくれれば八割方君のところで決まりだ。社長が言うには、同じレベルなら、これからは腹を割って話せる人間と長い仕事をしたいじゃないかって。私も長い間担当してきてこんなことは初めてだよ。あの頑固な社長が誰かに動かされるんだからね。君と社長の相性っていうものがあるとしたら、それは極めていいんだと思うよ」と。私は受話器を置いたあと震えました。震えはなかなか止まらず、私の筋肉をますます硬直させていきました。そして私は「当たった」と小さく叫びました。誰もいなくなったフロアに、私の声はいつまでも響きわたっているようでした。苦し紛れに撃ち放った矢が、的のど真ん中を射抜いていたのです。

二十一日の提案の際、私は一通り話し終えると「少し時間を頂いていいですか」と言ってから話を続けました。相手側は社長、副社長を合わせて、二十人近い役員会のメンバーです。私は張りつめた空気を切り裂くくらい叫びたくて仕方がなかったのです。今まで抑圧されていたものを一つひとつ思い浮かべながら、何か話さなくてはいけないと感じ取っていました。これを話したいという明確な内容は決まっていませんでした。私は思いつきで次から次へと話していきました。作り話ではありません。体験し、感じた様々な思いをぶつけるように、私は目を見開きました。最初に話したのは東京時代に初めて受注した大きな仕事のことです。どうやって新人の私が飛び込んで、どうやって受注することが出来たのか。そうやって、突然の出会いで始まった仕事がどれほど楽しかったのか。それからは心のうちを全て吐き出していきました。今回の仕事が、何社かの過度の競争で、満足のいく提案が出来なかったこと。何度も相手の出方を秘密だといって知らされて、各社が同じ提案内容へと導かれそうになったこと。何度も何度も必要のない見積書を提出させられたにもかかわらず、提案の内容を詳しく見てもらえなかったこと。なにしろ、私は疑っていたのです。ある一社にもう決まっていて、私の提案はただの比較材料なのではないかと思っていたのですから。それは少なからず当たっていたようです。そのことを話すと、役員の誰もがうつむきました。私は話しながら、やっぱりそうかと思いました。そして最後に「長いお付き合いになる話ですので、ギスギスした雰囲気で仕事をして、たとえお客様に満足して頂けるシステムが出来上がったとしても、私が満足しないのです」と言い切ったのです。怖いものはありませんでした。だから、私は強く強く主張したのです。机の下で握りしめた拳が震え、家に帰って風呂に入るまで取れませんでした。

一夜明けて、この強さはどこから来たのだろうかと考えました。次第に、それはあなたから授かったものだと確信を深めていきました。「そんなに頑張ることないよ」と私の気持ちを鎮めて言葉を投げかけてくれる、あなたの優しさがそこにあったのです。

この三日間、私はあなたのメールを読んでから、あなたにもう返信は出さないでおこうと決めていました。もうあなたはどこかの施設に入ってしまう。あなたは当分の間、私がどうやっても手を伸ばすことが出来ないところに行ってしまうと思ったのです。しかし、こうやってあなたに戸惑いもなくメールを送ることを考えると、私もまだまだ話さなくてはいけないことがあるようです。あなたに伝えなくてはいけない大切なことがあるのです。しかし、あえてそれは書きません。あなたが退院してからの楽しみにしておきます。このメールが、もうあなたに届くのかどうか判りません。しかし、目を通したら約束してくださいさい。退院したら必ずメールをくれること。そして、元気なあなたの声を聞かせてくれることです。本当によくなったら会いましょう。東京まで会いに行きます。祥子には出張だと言って、三日ほど休みでも取って行くことにします。冗談ではありません。あなたが嫌だといっても、私は迎えに行きます。だから必ずよくなってください。

最後になりました。あなたに心からありがとうと言わなくてはいけません。今度の仕事がうまくいきそうなのはあなたのおかげです。だからあなたに感謝しなくてはいけません。来週の初め、私はプライドや意地といったものを全て脱ぎ捨て、金額訂正した見積もりを再度提出するために会社を訪問することでしょう。意地になってそのままの金額で五分五分の勝負をするかもしれませんが、負けではありません。私は勝ったのです。あなたの言う通り、私はこの仕事を私らしくやり遂げることでしょう。受注出来ても出来なくても、私はこの時間を大切に残していきたいと思います。

退院してきたあなたに、もっと数多くの言葉をお送りしたかったのですが、こんな大きな仕事と重なってしまって、いい加減になってしまったのではないでしょうか。本当に申し訳なく思っています。しかし、私が毎日を変化のない仕事を進めていたら、あなたに手紙など出そうとは思わなかったことでしょう。香山さんから電話をもらって、訳も判らないまま苦しんでいただけでしょう。十三通の手紙のことも知らず、私は一生あなたの微笑みを追い続けなくてはならなかったのでしょう。忙しさに振り回される中、三十を迎えて、ふと、今までの自分を省みたくなったのかもしれません。心残りは永遠に解決されないでしょうが、これからの私たちの未来に幸多きことを願って、最後にしたいと思います。

本当にありがとうございました。一日も早い回復を心からお祈りいたします。

岩崎　洋太郎

Subject:とてもいい朝を迎えました

Date:Sat, 24 Jul 1999 6:37:18

From:"Takano Yuuko" <yuuko02@tachikawa.or.jp>

To:"Youtarou" <Youta@acc-nagoya.or.jp>

とても気持ちのいい朝を迎えました。もう梅雨はすっかりと明けたようですね。夏の大きな雲が空との境界線をくっきりとさせて、南から昭和記念公園の方へ向かって流れています。本当に落ち着いた朝です。ニワトリの声も蟬の声も聞こえなかったら、どこかの草原の真ん中でうたた寝をしてしまって、風に誘われて飛び起きたときのような気分です。

あなたが最後にするおつもりで書いてくださったメールを読んで、もうメールをお送りすることはないだろうと、つい先ほどまで思っていたのに、私はなんのためらいもなくパソコンのスイッチを入れて、こうやって睨めっこをしています。振り返っても振り返っても湧き上がってくる思い出も、探し出しても探し出してもとめどなく溢れてくる思いも、いったいどれだけあるのでしょう。もうあなたにお話することはなくなってしまったと思っていたのに、ふと立ち止まると、思い出せなかった光景が浮かんできてきりがありません。いつもどこかで見たことがあるような光景があって、どこなのか分からないまま過ぎ去っていたのが、いまになって次から次へとはっきりとした映像として浮かび上がってくるのです。

つい数時間前に書いてくださったあなたのメールを読み終わって、私は部屋の窓を二つとも開けたままにしています。東の空は少し明るみを帯びています。ここからですと、お日様の昇る方向は東京と埼玉の県境の方です。東京方面の地平線はいつも靄に包まれていて、はっきりした日の出を見た覚えがありません。辺りがうっすらとオレンジ色に染まってくると、やっと日の出が始まったんだなあと思う程度です。それまでにはまだ時間がありそうです。辺りは群青色に包まれていますが、どこかで新聞配達の人たちのオートバイの止まったり、走り出したりする音が響いています。街は動き出そうとしているのです。夏なのですね。もう夏は私も、私の家も、私のこれからも包み込んでしまっているのですね。こんな光景を、黙って一人だけで見つめていると、どこからかベートーベンの『田園交響曲』が流れてくるような気がします。この窓から見える一面の景色が、早苗の煌《きら》めく田園の風景だったら、どれだけ素敵なのだろうかと思います。水面に反射するもうひとつのお日様を眺めながら、私はどちらが本物なのだろうかと迷うのです。私が向かおうとしている埼玉の施設の周りには田園が広がっていると先生は言いました。私のこの思いは届いてくれるのでしょうか。

先ほどから、こうやって外を見ながらあれこれと考えていたら、病院で出会ったある人のことを思い出していることに気が付きました。なぜでしょう。いままで私は病院の中で起こったことを考えないよう考えないようと努力してきたのに、いままでこれほどまでにあの人のことを考えたことはなかったのに。それも、何度もお会いした訳ではないのに、どうしてこんなに思い出されるのでしょう。これまであの後ろ姿を思い出す程度だったのに、今日はとても大切な人に出会っていたのだと思えるのです。私がそれまで聴いていたクラシックの音楽を、とても意味あるものへと変えてくれた人なのに、あなたに伝えるのがこんなに遅くなってしまったことがとても悔やまれてなりません。

八王子の病院に入院していた頃、私は畑仕事のカリキュラムを終えると、決まって病院内を散歩する癖がついていました。私はその選択できるカリキュラムの中で、畑仕事のあとだけは次のカリキュラムを取らないでおこうと決めていました。昔、お祖母ちゃんが畑仕事から帰ってくると、いろいろと片付けが多くて、なかなか家の中へ入ってこなかったことを覚えていたからです。手を洗って、農機具を片付けて、縁側で呼吸を整えてと、作業の余韻を楽しむかのようにしていました。私はいつも、早く部屋に上がってきて遊んでくれるのを待っていたのです。ですが、病院ではそうではありませんでした。片付けもみんなですると早く、病院の職員さんも手伝ってくれるから、馴れてくると時間内に終わってしまうようになっていました。だから私は時間を持て余すような形になってしまって、部屋に戻る時間を調節しようと考えたのでした。お手洗いで石鹸で何度も手を洗ってから、私は神聖な場所に向かうような面持ちで連絡通路を歩き出します。病院内でお化粧が許されていたら、私も懸命にしていたかもしれないほどあちこちを点検してからの門出でした。裏口から病院内に戻ると、私は自分の病室のある東病棟ではなく、南病棟へ向かいます。階段を伝って南病棟の六階へたどり着くと廊下をのんびり通って、四階まで下りて西病棟を急ぎ足で通り過ぎてから、自分の部屋のあった東病棟へ帰ってきます。いつか、ふと夕焼けでも見ようかと思って、夕陽を追いかけていったことが原因でした。南病棟は六階まであって、そこからは森を挟んで街が一望できました。南病棟は唯一部屋を北側に並べて、南側に廊下が作られていました。私たちの病棟は部屋を挟むようにして廊下があったので、散歩をしても移り変わる景色を眺めることができなかったのです。窓には転落防止用に鉄格子が十五センチ幅ほどの間隔で嵌《は》められていました。初めの頃は眺める風景の障害物のような気がしていましたが、不思議なものですね、慣れてしまうといま自分がここにいるのだという実感を湧かせるものへと変わっていきました。

いつものようにスリッパの音を立てないように、そっと足を運ばせていると、廊下の丁度中ごろに、外をずっと眺めている人を見つけました。何度か通り過ぎていたのですが、その人を意識して見たのはそのときが初めてでした。窓際に置いてある丸いパイプ椅子に座って、夕陽の方を向いていたのです。ちょうど私に背を向ける格好で、外をぼんやりと見ていました。何気なく近づいていったのに、私の足は突然止まってしまいました。そして、私は初めての人に、それも顔を見ることもなく「一郎さん？」と呟いていました。その人は一度びくっと身体を硬直させてから、振り向いて私の顔を見上げて「ヒトシです」と言いました。右耳の後ろの髪の毛がピンと跳ね上がっていたのです。もう一度よくヒトシさんを見ると、どうやら本当の寝癖のようでした。前髪も頭の後ろの方もあちらこちら随分と枕につぶされて変わった形をしていましたから。

そのとき、私はとても悪いことをしてしまったと思って「ゴメンなさい」と顔を見ることなく呟いて早足で立ち去りました。それから何日かは散歩をすることなく部屋に帰っていたのですが、ある秋晴れのいいお天気の日でした。私は夕陽に誘われるように、再び南病棟の六階へと足を向けたのです。私は六階へと足を向けなかった数日間、とあることを考えていました。突然手紙が来なくなった一郎さんが、ここに戻ってきたのだろうか。もしかしたら、私に会いに来てくれたのではないだろうかって。膨れ上がる妄想は、心地よかったり、むず痒かったり、痛かったり、複雑なものでした。あの頃、長電話をしていた向こう側の一郎さんを過去に戻って見つけてしまったようで、怖かったのも確かです。

ヒトシさんはこの前と同じ場所に座って、空を見つめていました。私は後戻りしようかと、階段の踊り場でしばらく立ち止まって迷っていたのですが、意を決して歩き出したのです。私の横を何人もの人が通り過ぎていきました。とても幸せそうに笑いながら歩いてくる人、悲しそうな目をしてうつむいていく人、松葉杖をついている人。感情と眼差しが合っていない人たちばかりが通り過ぎていく世界でした。私は特別な世界へと足を踏み入れていることを実感しながらも、ひたすら目を合わせないように歩き続けていったのです。

私たち患者の中では、いつも噂話が絶えませんでした。患者三人が廊下でばったりと出くわしたら、新しい噂話が作られていく。そんな異様な雰囲気がありました。とくに私たちの東病棟では顕著でした。病院から会社へ出勤する人もいて、外部との接触が多かったためか、比較される対象が外の世界、中の世界というふうに差別されていたのです。

いつか、カリキュラムでよく一緒になる東病棟の方に、南病棟だけには行かないほうがいいと言われたことがありました。気持ちを乱した患者に追い掛け回されて、何人もの人が骨を折るような大怪我をしたというのです。私たちは病状によってある程度病棟と階が分かれていて、南病棟には重い患者さんばかりが押し込められているという噂が広がっていたからです。どういう状態が重いのか軽いのかは分かりません。私が知っていたことといえば、南病棟には真っ暗な保護室が何部屋も用意されていて、誰も手がつけられなくなるほど暴れてしまうと、そこに無理やり放り込まれることが頻繁に行われていたことです。時折、先生や、職員の方が昨日までなかった怪我をされていると、ああ、誰かを取り押さえたんだなといつしか分かるようになっていったほどですから。

これも噂で聞いたことなのですが、そういう患者の方は太陽の光ですら悪い刺激になってしまうというのです。特に朝日や夕日の赤い光は感情を刺激してしまうのだそうで。だから病室に光が直接届きにくい南病棟の北側に部屋が作られたのだということです。その部屋は、西病棟と東病棟に挟まれるようになっていて、なんとなく薄暗い感じがしていたのです。私が部屋に差し込む朝日を身体に受けて、気分がいいと感じることが誰かには苦痛であるということは、入院当初はとても理解できるものではありませんでした。私たちが外の世界で後ろ指を指されている以上に、病院内部でもそれを自らで繰り返していたのです。私自身情けなかったことだと反省しています。

ヒトシさんの髪の毛は、どうにもなっていませんでした。たまたま私が意識して見た日に限って、寝癖がついてしまっていただけのことだったのです。私はどう見ても一郎さんの後ろ姿には見えないヒトシさんを注意深く観察しながら、一人で間違えてしまった理由を考えていました。後ろ姿が昔のお友だちに似ていたんです、とか、髪の感じが似ていたんです、なんて独り言を呟くように急ぎ足で通り過ぎようとしたら、急に声をかけられました。「久し振りですね」とヒトシさんは言ってから、苦しそうに笑顔を作りました。私は先日のお詫びをしてから、いつもここで外を眺めているのかという質問をしました。ヒトシさんは、気分のいいときは何時間でもこうやって、ここに座って外を眺めているのだと言いました。顔つきから私よりも少し上くらいの歳に見えました。顔色が少しくすんでいらしたので、もしかしたら私と同じくらいか、もう少し下だったのかもしれません。だったというのは、それから散歩の度に交わした会話の中で、ほとんど身の上話らしい話をしなかったからです。ただ、両親に無理やり連れてこられて、直ぐに入院になったこと。入院して五か月ほど経ったということを聞いた程度でした。

雰囲気に慣れてしまうと直ぐに身の上話を話したがるグループ討論の時間の人たちとは違って、よっぽど大人びていて、言葉をいつも探しながら話されている印象がありました。

ヒトシさんの左手から腕にかけては何重にも包帯が巻かれていました。よくよく見るとパジャマを透かして、胸の辺りにも、腰の辺りにも包帯が巻かれていました。でも、右手だけは驚くほどきれいで、いつも小刻みに揺れていました。揺れていたというのか、なんとなく右手だけ水中でぷかぷか浮き沈みしているような感じでした。白くクラゲのように透き通った肌に、何度見とれてしまったことでしょう。私は、いつもそのきれいな右手を見ながら、左手首に浮き上がったみみず腫れのような痕を見られないように、両手を後ろに回して固く組んだのです。

私たちは顔を見なくなるまでの二か月と少しの間、音楽の話ばかりをしました。ヒトシさんのご両親は二人とも音楽で生計を立てておられる方で、ヒトシさん自身も昔、真剣に音楽家を目指していたことがあったのだそうです。ピアニストか指揮者になりたかったのだそうです。「孤独な場所のほうが僕には合っているんだよ」とヒトシさんは右手人差し指をピンと伸ばしていつも目を瞑りました。そんなときのヒトシさんのタクトの動きはとても激しいものでした。ヒトシさんは悲しそうな表情で空を見上げながら、いつも音楽を奏でられていらしたのです。右手の震えはとても壮大なオーケストラの指揮だったのです。大きな会場を包み込む、白く研ぎ澄まされたタクトをいつも振られていたのです。

ある日、ヒトシさんは「絶対音感って知ってる?」と、唐突な質問を投げかけてきました。私は初めて聞くその堅苦しい言葉の意味を考えることもせずに「何ですか？　それ」と聞き返しました。「音階が言葉のように聴こえる能力のことなんだよ」とヒトシさんは物悲しそうに答えました。絶対音感とは随分と小さい頃から訓練をし続けてこなくては習得できない能力なのだそうです。身の回りの物音が全てどの音階の何という音なのかを分かってしまうのだそうです。ガラスが割れる音、救急車の甲高い音、秋の虫の声、全てが私たちがこうやってお話をしているように、音に意味ができてしまうのだそうです。それから、ヒトシさんが幼い頃からどれだけ厳しい練習を繰り返してきたかを聞いているうちに、私はその能力が特別なものではないのだと思えてきました。きっと、ヒトシさんには神様がそんな能力がなくても、誰かに音楽の魅力を伝えるのに十分な力をお与えになったのだと思います。「僕はどうしてもそうなれなかったんだよ。あと少しのところで」と一度だけ呟いた、はにかんだような表情には後悔は感じられませんでしたから。

「ほら、チャイコフスキーの『悲愴』が聴こえる。こんな名作はもう世の中には生まれてこないんだよ。永遠にね」と唐突に空を見上げて、右手に神経を集中されたら、私はただ立ち尽くして見守るのです。ときどきヒトシさんの口から漏れてくるハーモニーに身体を預けながら、雲の流れに浮かび上がってくるメロディーを追いながら、大昔の記憶に耳を傾けました。とても安らげる時間を過ごしたような気がします。「ほら、ベートーベン。ほら、モーツァルト。ほら、ワーグナー。君にも聞こえるだろう」。ヒトシさんの優しい言葉の響きが、いつまでも繰り返されます。「大昔の、偉大な人たちの目に見えない宝物なんだ。僕にはしっかり見えるんだよ、ほら」。ヒトシさんの情熱のこもった眼差しが、いつも私を見上げていました。生い立ちも、しっかりした名前も、仁さんなのか、仁志さんなのかも知らないのに、私たちはどこかで通じ合っていたような気がします。患者という立場ではなく、放課後の音楽室で語り合う友だちのように純粋でした。

それから、私はクラシック音楽の奇妙な魅力に取り付かれていきました。いまでもそれが続いていることを考えると、私にも好きになってしまう要素があったのだと思います。いいえ、誰にでもとても重要な転機が訪れると、意識しなかったものが自然に入り込んでくるようになるのだと思います。遅かれ早かれ転機は訪れるものなのです。きっと。

ヒトシさんは何度か「世の中は生まれ変わっていくんだよ」と言いました。「時計の針が回って同じ時間を何千回も何万回も刻むように、世の中は生まれ変わっているんだよ。僕たちの細胞も毎日毎日生まれ変わって成り立っているんだよ」そう言って、優しく左腕を撫でながら、いつも外に目を向けられました。「僕が音楽の楽しさに気が付いていれば、ここにいなくて済んだかもしれないのに、残念だよ。なぜもっと早く気が付かなかったのかと思うよ」と、ヒトシさんの溜め息混じりの言葉の数々が思い出されます。

私はヒトシさんが溜め息をつく度に「私に会えたじゃないの」と投げかけました。すると、ヒトシさんは右手をピタリと止めて、精一杯の笑顔を作ってくれました。私たちの間には、良くなったり悪くなったりする過去が、意味もなく存在していたような気がします。でも、こうやって、あなたとメールのやり取りをしながら、あなたと一郎さんと耕太さんと敬子と、懐かしい顔が浮かんでは消え、消えては浮かんでいくうちに、二年という月日がなんて素敵な時間であったのだろうかと思います。こんなに意味の深かった過去が私にも存在していたことに驚かされるばかりです。意味のない過去とは何でしょうか。きっと私たちの過去はどこかで整理されるときを待っているだけなのです。整理されて、それが思い出に変わるとき、また新しい過去が積み重なっていく。そんな繰り返しの中で、私たちは生きていかなくてはならないのですね。

私はヒトシさんに出会って、自分がいつも考えていたことは、生まれ変わりたいということだったことに改めて気が付きました。いつもその方法だけを探してきて、肝心なところを飛ばしてしまっていたような気がします。思いだけが先走ってしまって、本当にどれだけの人に迷惑をかけ続けてきたのでしょうか。でも許してください。こんなに冷静な自分にならなければ、きっといままでの出来事を整理することはできなかったのですから。

長い長い時間を隔てて、ヒトシさんはこんなにも意味深いものを私に残してくれていたことにやっと気が付いたのに、ある日以来ぷつんと途切れてしまったままになっていることが残念でなりません。

いつものようにヒトシさんの口から奏でられるモーツァルトや、ショパンの有名なフレーズに耳を傾けて、曲の作られた背景や物語を聞いていると、ヒトシさんは急に黙り込んで立ち上がりました。本当に急なことでした。そして、先ほどまで穏やかだった表情が一変してしまって、怖いくらいに厳しい顔つきになりました。そのままの表情でサッシに手をかけて立ち上がってしまうと「もう行かないと」と言いました。「どこへ行くの？」と私が問いかけると「僕が、僕でいられるのは、一日のうちでほんの少しの時間だけなんだ」とヒトシさんは溜め息をつきました。

君に迷惑をかけたくないからもう行かないと、と言葉を重ねるだけのヒトシさんに、投げかける言葉は見つかりませんでした。その場をヒトシさんから去るのは最初で最後のことでした。いつも私がどこかから聞こえるチャイムの音に気が付いて帰っていったからです。立ち上がったヒトシさんは足をひきずりながら部屋のほうへ歩いていって、途中で折れ曲がって消えてしまいました。私は人の心に変化が訪れる瞬間を初めて目の当たりにしたのです。あれだけ穏やかだったヒトシさんの目が輝きを失っていったからです。私も自分の変化には敏感な方でした。でも、私の変化とは違う変化がヒトシさんには待ち受けていたのです。あの真っ暗な保護室で、檻に入れられた動物のようにあばれるヒトシさんの姿は想像できるものではありませんでした。右手だけをかばってきれいなままにして、その他の部分を傷つけていくヒトシさんの想像の姿は、とても尊いものでした。

それから何度かヒトシさんとお会いしましたが、私もヒトシさんも気まずそうになってしまって、ほとんど会話らしい会話は交わしていません。そして、いつの日からかヒトシさんの姿はそこにありませんでした。あの日「もう行かないと」と言ったヒトシさんの後ろ姿が遠い記憶として刻み込まれています。神様は、私たちになんてひどい試練をお与えなのでしょうか。行かなければいけないところが、あんな真っ暗な場所だなんて。でも、私はヒトシさんはきっと違うところに行ってしまったのだと信じています。いつか、私が「退院したらどこに行くんですか?」と言った質問に答えてくれた場所です。埼玉のお祖父ちゃんのところなのです。埼玉のどこかはまでは聞いていませんが、田舎のお祖父ちゃんのところで畑仕事を手伝って、夜は音楽を飽きるほど聴いて一生暮らすんだと言っていました。

私もいま、行かなければならないところは埼玉の施設です。なぜかもう一度ヒトシさんに会えるような気がしてなりません。施設の中なのか、どこかの農園なのか、街中なのか分かりませんが、なぜかもう一度会えるような気がしてならないのです。いつもの私の取り留めのない勘なのです。右耳の後ろの髪をピンと跳ね上げて「ほら」と問いかけてくれるような気がします。

世界は確かに生まれ変わっているのかもしれません。心地よい音楽が何世代にもわたって受け継がれ、文学が多くの若者の心を悩ませていくことを思うと、本当に生まれ変わるものがあり得るのだと思うのです。私のこの意識が富永先生に受け入れられ、ヒトシさんの意識を私がしっかりと受け入れたことを考えると、伝わって生まれ変わるものがあるのだと思うのです。だから私ももう一度、生まれ変われるような気がしてならないのです。

先ほどから、私の後ろでサティが歌い始めました。毎朝目覚まし代わりに自動再生されるようにしてあります。今日の朝は、また代わり映えなくやってきました。朝夕の変化がなかったら、私は平坦すぎる日常にどれだけ我慢できるのでしょうか。でも大丈夫です。ほら、空もだんだんと様子を変えていますから。朝日が辺りをオレンジ色に染め始めました。神様が放つ光のように輝いています。この街の、この瞬間に、新しい命が吹き込まれていきます。この移り変わっていく空を見上げてヒトシさんのことをあなたにお伝えしていたら、先ほど、ふと『輪廻』という言葉が浮かんできました。何かの本で知った仏教の言葉です。物事の全ては生まれて死んで、また必ず生まれるという言葉です。どこかで物事は繋がっているのですね。誰も知らないところで、ひっそりとしたたかに繋がっているのですね。

日々の生活に追われているあなた。あなたをいつも陰で支えている祥子さんと順平ちゃん。あなたに「ありがとう」と言い残して亡くなられたお父さん。恋人のことをひた隠しにして私を見守ってくれている敬子。大阪で元気に営業を続けられている耕太さん。そして、日本のどこかの福祉施設で誰かの役に立って、生き生きと働いているだろう一郎さん。

私たちに輪廻という言葉が用いられるならば、あの日、あじさい同盟を組んで離れ離れになって、それでもお互いを気遣っていようとすることなのでしょう。私があなたに執拗にまで言わせてしまった「好き」という言葉。一郎さんが苦労して書いてくださった「好きです」という言葉。ヒトシさんが「ほら」と投げかけてくれた言葉。全てが私の中で心地よく繰り返されます。移り変わっていくこのひとときに、私がこうやって誰かのことを考えて存在していることがとても神秘に満ちていることだと、強く強く思われてなりません。なんて名残惜しいのでしょうか。気分はこんなに澄んでいるのに。身体はこんなに軽く生き生きとしてきたのに。名残惜しくてなりません。

いつまで書いてもきりがありません。この辺で本当にお別れをしなくてはなりませんね。

どうかくれぐれもお身体には気を付けて、お仕事頑張ってください。

高野　優子

前略

今日はなんと不思議な朝を迎えたことでしょう。夏の朝の騒がしさが始まってからでも、久し振りに深い眠りにつけたように思います。正確に言うと、眠ったのは朝の五時過ぎで、起きたのは十一時過ぎでしたから、随分と不規則な睡眠をしてしまったようです。

昨夜、十時過ぎ、風呂から上がると祥子が携帯電話が鳴っていたと言いました。仕事の用事以外にほとんど鳴らない携帯電話ですが、私は特別に慌てるでもなく、寝室に置いてある通勤鞄の中から取り出して着信履歴を見ました。香山さんからでした。電話がかかってきたのは二か月振りです。あなたに関することであると私は察しました。今までもそうでした。あなたが入院するときと退院するとき、香山さんはいつも電話をかけてくれました。メールではいつ見るか判らないからと言うのです。あなたに直接話しかけてやりなさいという、彼女らしい気の利かせ方でした。

私はベッドの端に腰掛けて留守番メッセージを聞きました。あなたが三度目の自殺を図ったというものでした。おそらく病院を抜け出してかけてきたのでしょう。急いで携帯電話に折り返しかけても繋がらなかったことを考えると、香山さんも病院の中であなたを見守っていたのでしょう。私は至極冷静でした。「また電話するから」という香山さんの最後のメッセージを聞いて、あなたが生死の境を彷徨《さまよ》っていることは判りました。ただ、どういう方法で三度目に及んだのか、どういう状態にあるのか、私は想像しか出来ませんでした。しかし想像することはすぐにやめました。今の私の想像は、きっととんでもない方向へいってしまうと思ったからです。

そして、無意識のうちにパソコンのスイッチを入れました。あなたから朝に送られてきたメールは届いていました。もう元気な姿ではないあなたが、たった十数時間前に元気だったときに書いたメールでした。果てしのない言葉の感情を、私はしっかりと受け止めました。波打つ感情を、私はどうすることも出来ないまま、直ぐにスイッチを切ったのです。

私は寝室から出ると、キッチンの椅子に座って祥子にビールを持ってくるように頼みました。私はなおも冷静でした。久し振りの連休をやっと休日らしく、家族で過ごそうと思っていたからです。あなたの話はしていません。話したところでもう何かが終わってしまったことだと思ってしまったのです。私たちは過去を追い求めてきたのに、あなたがこれから待ち構えている数時間先のことが終わってしまったことのように思えてしまったのです。それが苦悩なのか、安らぎなのか私には判りません。ただ、何かが本当に終わったのだと思えてならなかったのです。

順平は祥子が先ほど寝かしつけて、私たちは静かな夜をゆっくりと過ごしました。祥子は私の顔色を窺いながら、テレビもつけず、私の反対に座って私の顔をただ見つめ始めました。何か話したそうでした。祥子が話したいときは私が目を見つめると、すっと目線を逸らせる癖があるから判るのです。祥子は何かを言いたそうな仕草を見せたあと、急に立ち上がり「私も飲んでも大丈夫かしら」と言って食器棚からグラスを取り出して、ビールを注ぐように私に目配せをしました。来客用の高価なカットグラスです。何かあるなと私は祥子を探りました。そして、祥子の顔色が少し青白いことに気が付いたのです。私はコップのビールを一気に飲み干して「何か月だ」と聞きました。祥子は「多分、三か月目に入っていると思うの。来週、行ってくるつもりだけど」と言いました。私は「判っていたのか、少し前から」と聞きました。祥子は質問には答えずに「お願い、もう一杯もらってもいい？　最後だから」と言いました。私はただ頷いて、グラス一杯に注ぎました。泡のない、麦茶のようなビールでした。火曜日の夜、気分が悪かったのはそのせいだったのかと、私はようやく気が付いたのです。祥子の身体は普通より早くつわりがやってくる体質なのだと、順平を産んだときに産婦人科の先生に言われていたのですが、すっかり忘れていました。忙しさのあまり、私は妻の身体のことすら気が付かない無神経な自分を許し続けていたようです。祥子は一気に飲み終えると、幸せそうな顔をして深い息を一回吐きました。すぐに顔が赤くなり、目を瞬かせ始めました。ほとんど飲めないはずなのに、妊娠すると飲んではいけないことを知っていてか飲みたがるのです。順平のときもそうでした。「無理に飲まなくても」と私は言ったのですが、祥子は聞きませんでした。母にそうやって教わったのだそうです。「飲めるうちに飲んでおきなさい。飲めなくなってからでは遅いから」という母の口癖を何度も聞かされました。本当にもう遅くなってしまうことは現実にあり得るのです。私は祥子の幸せそうな顔を見ながら、自分の居場所を見つけたような気がしました。この辺で心の中に居続けるあなたと別れなくてはいけないと、自分を責めました。「人は多かれ少なかれ過ちを犯すものだ」とあなたがカミュの『異邦人』を読んで心を引かれた一文が浮かんできます。私も過ちを犯したのでしょう。ただ、今はそれに気付かないだけなのかもしれません。あなたとの二年間も、何年後かには過ちに変わるかもしれません。私たちの思い出というのは、いつも危険と隣り合わせになっているのです。

本当に静かな夜でした。気味が悪いほどに静かな夜でした。マンションの谷間に響くバイクの単調なエンジン音ですら静かな旋律に聞こえました。私はビールを飲み終えると、コップを片付ける振りをして祥子の後ろに立ちました。肩をさすると祥子は振り返りました。私は「ありがとう」と言いました。何に対して「ありがとう」と言ったのか、祥子自身になのか、これから生まれてくる二人目の子どもに対してなのか、判りません。本当に自然に出てきた言葉でした。祥子は私の言葉に小さく頷きました。ただそれだけのことでした。私は祥子の髪をかき上げて額にキスをしました。そして、何かに導かれるように玄関へ行ったのです。

私は祥子にあなたのことで戸惑っていることを伝えなくてはなりませんでした。喉元まで込み上げてくる言葉の数々を、私は今まで苦い味とともに飲み込み続けてきました。祥子はもう気が付いています。あなたと私が一か月半前に再会して、語り続けていることを。しかし、祥子はあえて口にしませんでした。私たちのことを遠巻きに見守ってくれていたのです。だから、私はもうそろそろ終わりにしなければならないと思い始めています。

私は玄関先に座り込むと、下駄箱から通勤用の三足の革靴を取り出して順に磨き始めました。いつもより丁寧に乾拭きをしたあと、クリームを布に染み込ませてゆっくりと汚れを取り始めました。どんな汚れも昨夜の私には見逃せない心境でした。時間はたっぷりとありました。長い夜は始まったばかりでした。三足ともクリームでの汚れ取りが終わり、靴墨をブラシでつけ始めた頃、祥子が後ろで「先に休ませてもらうから」と言って寝室に入って行きました。私はただ頷いて、再びブラシを動かし続けました。私はそこで、なぜ靴を磨かなくてはならないのか考え始めました。明日は休日です。久し振りにいつまでも眠っていられる休みなのです。誰かに強迫された訳ではないのに、私の身体の奥底に潜み続ける何かがそうさせ続けました。左手を靴の中に入れ、右手に持った布で靴墨を拭き取る。時折、息を吹きかけ吹きかけ光沢を確かめるように、橙色の室内灯に靴を翳しました。漆塗りの職人が、こだわり続けるが故に、慎重に、しかも愛情を込めて作業を続ける光景に似ています。自分の姿を昨夜のように冷静に見つめ続けることは異常です。そう、昨夜の私は確かに異常でした。私は異常な頭で、私の中に眠っている真実の私に語りかけていったのです。

靴を磨き終えると、私は靴を並べて品定めするように眺め続けました。室内灯に照らされて輝く革靴が、とてもいとしいものに変容したようでした。しかし、その靴の輝きはそう長く続かないことをどこかで知っているのです。すると私は、今すぐにでも靴を履いて、すべてを支配したいという欲求に駆られたのです。履かなくては永遠にその光沢を取り逃がしてしまいそうな妄想に駆られたのです。

何かに強迫された私は、深夜の道をあてもなく、パジャマと裸足で履いた革靴姿で徘徊し始めました。明る過ぎるコンビニの横を通り過ぎ、赤ランプのついたビールの自動販売機の前を通り過ぎ、人影のない大通りにたどり着きました。

どこをどう通り抜けたのか、気が付くと公園の前に立っていました。時折大通りを猛スピードで通り過ぎる車の音だけが、私の周りで命を思わせるものでした。そしていつしか、私は公園の紫陽花の前で色褪せた花びらを、ただ見下ろしているのです。意識は磨きたての靴から紫陽花へと移り変わっていきました。紫陽花から命は漂ってきませんでした。その代わりに私の頭の中では無機質に響き続けるサティの悲しい曲が流れていました。『三つのジムノペティ』が何度も繰り返され始めたのです。

紫陽花の花びらは所々赤色を留めているものの、黄色く萎《しお》れ、端の方は茶色に枯れ始めていました。私はもうすぐ華々しい生を終えようとしている紫陽花に祈り続けました。どうか、あなたが無事であって欲しいと。いや、違います。そうではありません。私は萎れた紫陽花に、あなたが永遠に私のものであり続けることを祈り続けたのです。一瞬、あなたの死を望みました。あなたがこのまま目を開かず、私のものになり続けてくれることを切望したのです。それは永遠に消えることのない男の性とでも言うのでしょうか。妻がいる身で、なおもあなたという女性を私のものとして、側に留めておきたかったのです。私にとって、昨夜の紫陽花は毎年生まれ変わる命ではありませんでした。手を伸ばさなくては、華々しい姿が永遠に失われてしまう貴いものでした。今、私の手で摘み取らなくては、私はこの朽ちていく花の悲しさに後悔を生み出すかもしれないと思い始めたのです。しかし、私は手を止めました。響き渡るサティの音の繰り返しの中で、私の中にもふと『輪廻』という言葉が芽生えたのです。と同時に、来春の紫陽花の再生が、あなたの笑顔に結びついていきました。あなたが何かを知り当てたように思い浮かべた輪廻という言葉の意味を、私も考え始めていました。私たちの間には、生死が繰り返されるのとは別次元の輪廻が存在するのではないかと。それは五年の歳月を隔てても移り変わることのなかった、私たちの意識なのだと思います。私たちが繰り返したメールの回数だけ、その言葉の数だけ、私たちは色褪せることのなかったお互いの意識の中を、心地よく行き来していたのです。

私たちの意識は、この宇宙の、太陽系と銀河系の、その先から導かれている永遠の輪廻によってもたらされていたのです。この世の中で意識が繋がり合うとは、なんと素晴らしい言葉なのでしょう。私たちの意識にはなんて素晴らしい感情が宿っているのでしょうか。

長い手紙になりそうです。昨夜から今朝にかけてのこの感情の揺らめきを思えば、書いても書いてもきりがなさそうです。しかし時間は正直です。私の思いが薄らいでしまう前に、お伝えしなくてはならないことがあるのです。

あなたが病院で出会って、書き続けてくれた男性のことを考え始めたら、あなたにどうしても話さなくてはいけないと義務感に似たものが芽生えました。今のあなたにはとてもつらいお話かもしれませんが、お聞きください。一郎とのことです。あなたが自身を責める以上に、私には自身をこれから責め続けなくてはいけない過去が待ち受けていることを、先にお伝えしなくてはなりません。

新入社員研修が終盤を迎え、法律知識や専門分野ごとの研修が始まった六月中頃のことです。私は研修を終えて寮に帰るために、赤坂見附の地下鉄の駅で電車を待っていました。あなたもご存知のように、私が住んでいた二子玉川の寮までは、銀座線に乗り、青山一丁目か、表参道で半蔵門線に乗り換えるのがいつもの帰宅路でした。渋谷まで出てしまうと、人の混雑が激しくなり、乗り換えに時間がかかるからです。しかし、その日、私は渋谷のブックセンターに寄ってから帰ろうと、ホームの中央に並んでいました。というのも、いつもの乗り換えを考えると、最後尾から乗り込んだ方が半蔵門線への乗り換えが楽だからです。でもその日は違いました。渋谷の出口からブックセンターまでの距離を考えると、中央が一番近いためにそこに並んでいたのです。しばらくして、電車がやってきました。人込みに押されて乗り込もうとすると、誰かが私の肩を叩きました。振り返ると一郎が立っていました。走ってきたのか、肩で息をしていました。私は「どうした？」と聞きました。すると一郎は「別に、今帰るところだから」と言いました。一郎にとってはそこがいつも電車に乗る場所だっただけのことでした。私たちはしばらく込み合った電車の中で、騒がしさに取り囲まれて、吊革に摑まりながら話しました。仕事のこと、会社のこと、渋谷までの短い間、簡単な言葉を交わしました。

一か月間のあなたたちと一緒だった研修のあと、私たち営業採用の社員は大きな研修室で一緒に研修を受けていました。しかし、時折グループ討論などで班が編成されたとしても、一郎とは同じ班にはなりませんでした。

一郎たち、大阪採用の人たちが研修のために単身で泊まり込んでいた施設は、渋谷で京王井の頭線に乗り換えて永福町駅を降りたところにある施設でした。私たちは新しい発見をしたように「方向、同じだったんだな」と言い合いました。それからどういう話になったのか忘れてしまいましたが、一郎が「少し飲んでいかないか」と言ったような気がします。私もブックセンターへ行こうと思っていただけで、特にこれといった用事もなかったので、彼の誘いに乗りました。確か一郎が声をくぐもらせながら、話したいことがあると付け加えたことを覚えています。ありふれた居酒屋の隅で、私たちは取り留めのない話を始めました。人気のあったアイドルのこと、大学のこと、家族のことなどです。本当に取り留めのない話ばかりです。しばらくして、一郎と私は黙り込みました。私たちは少し酔い始めていたのです。長い間、私も一郎もただ飲み続けました。すると一郎から突然、「岩崎、好きな人いるか?」と問いかけられました。私は「大学の時にはいたけど、もう今は別れてしまって卒業以来会っていない」と答えました。一郎は「そうか」と言ってしばらく黙り込みました。そして唐突に「俺、高野のことが好きなんや」と言ったのです。

私は重い鉛を胸に叩き込まれたような気持ちになりました。彼から意外なことを言われたからではありません。私自身が、あなたのことも香山さんのことも、ただ同じ班の仲のよい同僚とだけしか見ていなかったからです。しかし一郎はあなたに恋をしている。私は自分だけが除け者にされた気分になりました。戸惑いました。そして、強烈な嫉妬にかられてしまったのです。それから私は意地になったように高野優子という、一人の小さな可愛らしい女性を意識し始めたのです。高校時代、誰もがクラスに一人はいる美人に一様に憧れる気持ちです。私は対抗心を表に出さないように「そうか、頑張れ。じゃあ、セッティングしようか。また飲みにでも行こうか」と彼を応援する振りをしたのです。心の中ではますます膨れ上がる嫉妬心をもうどうすることも出来ませんでした。一郎はなおもあなたの話を続けました。彼はあなたの心の病を見抜いていたのです。

昔、あなたのような病気を持った人が近所にいて、学校に行かずいつも家の中にいるのを、登下校中によく見かけたのだということでした。ときどき学校に出てくるのだけれども、担任の先生からあまり休んでいることを問いただささないように、彼女に優しくしてやるようにと言われていたのだそうです。一郎はそのような病気があることを知らなかったけれど、彼女が転校していってから、世の中には心の病を持った人がいることを先生から聞いたとのことでした。一郎はひそかに彼女に想いを寄せていたのだそうです。

一郎はしんみりとその話を終えると、急にきりっとした表情を見せて、「俺しかいない。

俺しか高野を救ってやる奴はいない」と何度も呟きました。私は怒りを抑えることが出来ませんでした。吐き出しようのない嫉妬心を胸に秘めたまま、私はただ微笑むだけだったのです。そして、一郎は「きっと研修の最後に班の全員で飲みに行くことになるだろうから、そのときに高野の気持ちをこっそり聞いてくれないか」と依頼してきました。その場で私に断る理由などありません。私は小さく頷いて、不機嫌になってしまった自身を隠すことが精一杯でした。

私はあの最後の飲み会の席で、一郎と約束したことを守りませんでした。一郎からも、それから催促の連絡もありませんでした。私は小さな約束を破って、大切な友を失ったのです。私が約束を守っていれば、一郎は会社を辞めることがなかったのではないかと、今でも自分を責め続けています。一郎の約束を守っていれば、今頃彼とどんな将来の夢を語り合っていたでしょうか。罪悪感は尽きません。耕太もこの件は知らないだろうと思います。

それからはあなたもご存知の通り、私の一方的なアプローチが始まったのです。上野公園でデートした日、私は噴水のベンチであなたを見つめながら一郎のことばかりを考えていました。自分が一郎ならどんな優しい言葉をかけるのだろうか、どうやってあなたの心の病を癒してやれるのかを一郎に成り代わって考えようとしたのです。しかしどこかで私の頭は違いました。今あなたを逃してしまうと、あなたは一郎の方を向いてしまう。あなたを一郎から奪うことばかり考えたのです。私にはあなたと二人きりで会い始めてからの三週間という時間が、焦りばかりを感じさせる長い時間に思えていたのです。

そして、私は一郎に勝ちました。一郎からあなたを奪ったのです。成功でした。あなたの唇を、あなたの身体を奪うまでは成功でした。私は治しようのない男の意地に支配されていたようなものでした。私は時間が経つにつれて、とんでもない世界へ足を踏み込んでしまったことに気が付きました。あなたにのめり込んでいくうち、微かな気持ちの揺らぎを感じました。あなたの心の病を私も感じるようになったからです。それから二年間、私はあなたという存在に振り回されたのです。振り回されながら愛情を感じ始めていったのです。とても心地のよい愛情でした。離れてしまうと全てが終わりになってしまいそうな、危なく脆い愛情でした。どこまでもいとおしく、あなたを誰にも取られたくないという気持ちが次第に芽生えていったのです。

あなたは一郎のことをどう思っていたのでしょうか。私にはあなたが一郎に惹かれるのは、とても自然の流れであったような気がしてなりません。一郎の心から人を大切にしようとする思いやりを、あなたはきっと感じ取っていたのだろうと思うのです。私があなたと一郎を見守る寛大さがあったのならば、どれだけあなたは癒されたひとときを過ごせたのだろうかと思うのです。もしかしたら、一郎はあなたの病を完全に受け入れて、完治させてしまうほどの力があったのではないかと思われてなりません。「実はそうなんだ」と言って、全てを受け入れ、憎しみも妬みも微笑みに変えてしまう一郎の温かさを、実はあなたから奪ってしまったのではないかと。

あなたはこの話を聞いて、私をひどい男だとお思いになるかもしれません。男とは所詮そんなもんだと、呆れてしまうのかもしれません。しかし、あの二年間で、私の心をこれほどまでに豊かに変えてくれたあなたを本当にいとおしく思い続けています。それは今でも抱いているあなたへの気持ちが正直なことが証明しています。だからいつまでも私のものにしたいのです。

今更、書かなくてもよいことを書いてしまったと思いながら読み返しています。メールではなくて何故手紙なのか、ようやく判りました。当分の間、あなたにメールは届かないことを知っているからではありません。読み返す必要がある内容だったからです。この手紙を書き終えて、私は考えるでしょう。投函していいのかどうか。手紙であれば、あなたに確実に伝わるでしょう。誰も封を切ることなく、あなたの側にひっそりと近づいていくでしょう。あなたがこの手紙を開けたのならば、読みながら涙を流すかもしれません。私がいい加減な男であったこと、私が一郎を裏切ってあなたを奪ったことを。そして、私のことを恨むかもしれません。一郎ならばあなたの心の病を治すことが出来たかもしれないのに、私を選んだばかりに病は癒されることがなかった。あなたのことを考えるならば、私が身を引くべきだった。しかし、それはもう過ぎ去ったこと。あの五年前の思いは今でも本物であったと私は確信しています。あなたがこの手紙を読んで私を咎めてくれることが出来たら、それはあなたが一つの生きる道を見つけたことになります。誰かの存在を良くも悪くも感じることによって、少しずつ自分を取り戻していけるでしょう。

今朝の五時少し前に、香山さんから電話を頂きました。あなたが九時間も眠り続けたあと、意識を取り戻したという電話でした。私はキッチンのテーブルの上で俯《うつぶ》せになって眠っていました。三時くらいまでまんじりともせず、新聞を広げたり、辺りを見渡しながら起きていたのですが、いつの間にかうつらうつらし始めていたころでした。携帯電話はいつでも取ることが出来るようにとテーブルの上に置いてありました。

香山さんはあなたの状況を一通り私に伝えたあと、「それがね、変なの。優子ったら、目が覚めてからずっと笑ってるの。笑ってるっていっても声を出して笑うんじゃないの。ただ、にこっと小さな子どもみたいに笑い続けてるの」と本当に不思議そうに話を続けました。それを聞いて、私は思わず笑い出してしまいました。どこから込み上げてくる笑いなのか判らない不可思議な笑いでした。香山さんからは「どうしたの、不謹慎ね」と言われましたが、私はなおも笑い続けたのです。何故なら、昨夜の私の不安が取り越し苦労であったと気が付いたからです。あなたは、なんてあなたらしい方法でけじめをつけたことでしょう。少々荒っぽいのもあなたらしいのかもしれません。全てが計算されていたのです。このあなたは全てを私に吐露することによって、自分の再スタートを心に決めたのです。この一か月半にわたる長い長いメールのやり取りすら、もしかしたらあなたに試されていたのかもしれないと思っています。清々しい気持ちです。私たちの間にあり続けたわだかまりは、霧が晴れるようになくなっていきそうな気分です。その向こうにはどこまでも続く青空があります。どこまで追いかけても青いだけの世界に、私たちは時間も、過去も未来も、自分が人間であることも忘れてしまって、ただ透明に存在し続けるのでしょう。

信じられるということは誰かの重みを感じることなのかもしれないと、私が順平に使った軽い言葉が、重く自分に跳ね返ってきます。それはあなたという存在の重み、あなたという私の中の重みなのです。私はあなたがいつまでも私の重みであり続け、生き続けてくれることを願います。そして、数年後、いや数十年後、あなたとの二年間が古い思い出に変わっても、それが私にとって間違いではなかったと、あなたの存在が私の一部になり続けていることを、ただひたすらに信じ続けるだけなのです。

順平が幼稚園に入り、小学校に入り、大学へ行き、あなたのような素敵な女性に巡り合ったとき、私は自分が生きていることを実感するでしょう。あなたの存在が私の中から消えることは決してありません。私も順平に嫉妬し、私の中にある思い出で自分を慰めることでしょう。それは、あなたと私の巡り合いの一コマが、紛うことない事実だったからです。

それにしても名古屋の夏はどうしてこれほどまでに暑いのでしょうか。梅雨がやっと終わったと思ったら、すぐに真夏が覆い被さってきました。名古屋はここ数日、蒸し返す暑さにてんてこ舞いです。クーラーも効いているのかいないのか判りません。名古屋の夏は気温も湿度も高く、日本のどこよりも過ごしづらい夏だと聞いたことがあります。

梅雨が明ける少し前のことです。アブラゼミと梅雨の関係について書かれた新聞の記事を目にしました。名古屋ではアブラゼミが鳴き出すと数日で梅雨が明けるのだと言われているそうです。なんでも湿度が低くなり始める頃を見計らって、アブラゼミは鳴き始めるからなのだとか。湿度が高いと鳴き声が上手い具合に伝わらないからなのだそうです。蟬の鳴き声は求愛行動だと聞いたことがあります。確実にメスに届かないとアピール出来ないことを知っていて、梅雨明けの時期をじっと待ち続けるのでしょうか。今も外では迷惑なほど賑わしく鳴いています。ああ夏だなと感じる瞬間です。そして、アブラゼミの梅雨明け予報は今年も当たりました。自然の摂理とは不思議なものです。私たちを否応なく信じさせることが出来る大きな力を持っているからなのでしょう。

それでは、そろそろ私たちは自分の世界へと戻るときが来たようです。

これから順平を連れて夕飯でも食べに行ってこようかと思います。先ほどまで眠っていたようですが、駄々を捏ねる声が聞こえ始めましたからお腹が空いて起きたのでしょう。この小さな部屋を取り巻く環境は刻々と移り変わっていきます。窓から見える外の世界も、色合いを増していきます。少し前に沈んでしまった太陽が、西の空を覆う大きな雲を茜色に染め上げています。空に面している上の部分はまだ白く輝いているのに、順に染み渡るように色彩を深めていっています。昔に見た野球の練習の終わりを告げる雲のようでもあり、下校中に友人と別れたあとに見上げた雲のようでもあります。決まって、鼻をくすぐる野焼きの匂いのような香ばしさを携えていたことを思い出します。夏の夕方の匂いは、誰かとの別れを惜しんでいるかのようです。今日も窓を一枚隔てた向こうの世界にそんな匂いは漂っているのでしょうか。

こんな長い手紙を書き終えて、分厚くなるであろう便箋に戸惑っています。今度はいくらの切手を貼ればあなたに届くのでしょうか。明日の朝、この手紙を読み直してから、キッチンの食器棚の横にある切手入れの引出しの中を覗き込んで、祥子に聞いてみようかと思います。祥子は私に気を遣って手紙を書いている間中、順平の相手をしてくれていました。この大切な一日を、あなたの思い出に浸らせてくれ、何時間も一人にしてくれた祥子にありがとうと言う前に、もう一度だけ『あなたが欲しい』に耳を傾けることにします。

どうかお元気で。さようなら。

草々

岩崎　洋太郎

一九九九年　七月二十五日（日）

高野　優子様

あとがき

高校時代、私は友と教室の窓辺で取り留めもない話を繰り返したことがある。放課後の寂寥たる校舎の片隅で、私たちは哲学者になったつもりだった。夕陽を受け、風を感じながら、十代の悶々とした思いは、宇宙のように膨張していった。宗教の話であったり、異性の話であったり、生死の話であったり、宇宙の果ての話であったり、議論される話題は答えが導かれることのないものばかりだった。ときには頷き、ときには喧嘩をしながら、私たちは明日を見つめていた。少々偏屈で生意気な学生だったと、我ながら思う。

グラウンドを見下ろすと、延々と走り続ける陸上部や、ドリブルをするサッカー部の生徒が汗を流していたことを思い出す。彼らは私たちに見られていることを知らなかった。私たちは、人知れず議論を交わす自分たちを少しだけ大人びた存在だと感じていた。しかし、その窓辺の私たちの姿を、現在の私が見つめていることを私は知らなかった。今、私はそれらの光景を少し上から眺めている。校舎の何十メートルか上から、自分の姿もグラウンドも眺めている。私の現在は、私の過去によって確実に導かれてきたのだと思う。

最近、私は積み重なっていく過去が、連続性を持ったものだと、新しい法則を発見したように気が付いた。恥ずかしい話だが、自分のルーツについて深く考えたことがなかったのだ。他界した祖父が宮大工で、それは江戸時代から続いていて、と歴史としてとらえていた感がある。自分自身の現在が、自分自身の過去からもたらされている事実に目を向けていなかった。思い浮かべれば、心地よい過去は私の中で積み重なっていただけのことだった。ただし、私たちの過去とはスポンジが水を吸い上げるようにいつの間にか膨れ上がってしまう。時折握りしめて、軽くして整理する時間も必要なのだ。

私たちはせわしく変化を求めている現代にあって、とても戸惑っている。氾濫する情報の中で、過去を顧みて、反省する余裕をなくしてしまっているような気がする。縛りつけられる必要はないが、未来へとつながる過去は、整理さえ出来ればいくつもの答えを持っているのだと思う。目を瞑って耳を澄ませば、私たちの現在は、過去によって導かれて、未来へ向かっているのだと《時間の感覚》が囁いてくれるかもしれません。

最後になりましたが、この作品を出版に導いてくださった出版企画部の竹澤悠平さんと、細かなアドバイスをしてくださった編集部の花里京子さんに、心より感謝申し上げます。

平成十四年十一月二十四日

若園　朋也

著者プロフィール
若園 朋也（わかぞの ともや）
1973年生まれ。
岐阜県美濃市出身。

紫陽花

2003年2月15日 初版第１刷発行

著 者 若園 朋也
発行者 瓜谷 綱延
発行所 株式会社文芸社
〒160-0022 東京都新宿区新宿1－10－1
電話 03-5369-3060（編集）
03-5369-2299（販売）
振替 00190-8-728265

印刷所 株式会社ユニックス

ISBN4-8355-5135-4 C0093